光文社文庫

文庫書下ろし

死《し》屍《し》の導《しるべ》

警視庁特命捜査対策室九係

渡辺裕之

JN031529

光　文　社

この作品はフィクションであり、特定の個人、
団体等とはいっさい関係がありません。

著者

目次

死屍《しし》の導《しるべ》

警視庁特命捜査対策室九係

プロローグ

鬱蒼とした雑木林に雨が降り注いでいる。

雨粒がコナラや蘇鉄の葉に当たり、軽やかなリズムを奏でていた。

都内の一等地である白金台《しろかねだい》に、約二十ヘクタールという広さを誇る自然の緑地がある。江戸時代は高松藩主松平《まつだいら》頼重《よりしげ》の下屋敷であったが、明治に入って帝国陸海軍の火薬庫として使われ、戦後は荒れるに任せて自然林となった。現在は、国立科学博物館附属自然教育園として管理運営されている。

自然教育園の職員である橋下《はしもと》芽衣《めい》は、雑木林を抜けるぬかるんだ小道を歩いていた。長靴にレインコート、肩に防水ケースに入れられたタブレットＰＣを下げている。

「やはり、このクヌギは限界かしら」

橋下は小道の傍に立つクヌギを見て言った。根元で腐っており、傾いている。数日中に倒れる可能性もあるだろう。

防水ケースのタブレットＰＣを起動させ、腐敗が進んだクヌギを撮影した。園の植物はできるだけ自然な姿を残すことを前提としており、倒木の可能性があっても人が手を加えることはない。都会の中でいかに手付かずの自然林が維持されるかを観察するのが、園の目的なのだ。倒木の危険があるのなら警告を発する看板を立て、場合によっては小道を通行止めにする。

橋下は、専用のペンでクヌギの位置をタブレットPCの地図に書き込んだ。情報は国立科学博物館のサーバーにアップされ、研究データとして活用される。

――芽衣。まだ、パトロールしているの？

無線機で同僚の細谷結菜《ほそやゆうな》が声を掛けてきた。ハンズフリーで無線連絡ができるように、防水のイヤホンを左耳に入れてある。

「もう、こんな時間なんだ。急いで戻るわ」

橋下は腕時計を見て苦笑した。午後五時を過ぎている。薄暗いとは思っていたが、雨雲のせいだと思い込んでいた。午後四時半までに管理棟へ戻り、五時には細谷と一緒に帰る約束をしているのだ。

「あれっ？」

橋下は眉を顰《ひそ》め、足を止めた。場所によって異なるが、自然を観察するための園内の小道の両側には杭が打たれ、ロープが張られている。常識的に考えれば、ロープの外側は立ち入り禁止だと認識できるはずだ。だが、ロープの向こう側にくっきりと足跡がある。誰かが、足を踏み入れたということだ。

入園時に配るリーフレットには、「ルールを守ってご利用ください」「花をおったり動物をつかまえたりしない」などと注意書きがされている。だが、小道を外れてはいけないとは直接記されていない。そのため、ルールを破る入園者がいることも事実である。

橋下は、常日頃からルールの厳格化を上層部に要求しているが、警備員を配置するわけにもいかず、結局は入園者のマナーに頼る他ないのだ。

橋下はコートのポケットからハンドライトを出し、足跡を照らした。雑草が生えていない場所が、雨でぬかるんでいるのだ。

「仕方がないわね」

橋下は溜息を吐き、左手のロープを跨《また》いで藪を進む。この先は湿地で水生植物が群生しているエリアだけに、踏み荒らされては困るのだ。被害を受けているのなら、撮影して報告しなければならない。

「あっ！」

何かにつまずき、前のめりに転んだ。起き上がって振り返ると、蘇鉄の木陰に人の足がある。男が仰向けに倒れているのだ。男の足につまずいたらしい。

「大丈夫ですか？」

橋下は男の肩を摑んで揺り動かした後、顎の下に指を当てた。異常に体温が低く、脈が取れない。雨に打たれて低体温症になっている可能性もある。

レインコートからスマートフォンを出し、119とダイヤルボタンをタッチした。

――はい119番消防です。火事ですか？　救急ですか？

「救急です」

答えた橋下は、立ち上がった。

――場所はどこですか？

応答した職員は、手順に従って質問してきた。事務的な返答が、動転していた橋下を落ち着かせる。

「ここは白金台五丁目の自然教育……」

明瞭に答えていた橋下は後退《あとずさ》りし、木にもたれ掛かった。倒れている男性の腹部に数カ所の刺し傷があることに気が付いたのだ。しかも男性の下に雨で薄まった血溜まりがある。もはや、男の死を疑うことはない。

――もしもし、よく聞き取れません。もう一度繰り返してください。

職員の声が握りしめたスマートフォンから漏れる。

「しっ、死んでいる……」

橋下は声を震わせた。

強盗殺人

1

二〇二一年十月二十七日、警視庁本部庁舎七階。

窓もない三十二平米（約二十畳）の部屋にスチール棚が置かれ、スキャナーやパソコンが載せられたデスクが並んでいる。

制服の女性警察官がスキャナーに捜査資料をまとめて入れた。別の女性警察官がパソコンに表示されている読み取りボタンをクリックする。すると、スキャナーが紙の資料を次々に飲み込んで読み取りをはじめた。

事件の捜査資料は各分署で保管されるが、警視庁でも証拠品以外の資料は各部署でデジタル化されて整理される。だが、それでは効率が悪いために一元的に行う専門の部署が、二〇二一年七月に新設されたのだ。〝デジタル保管室〟は通称で、正式名称は〝捜査資料デジタル化保管室〟である。

入室は警視庁職員なら自由で、デジタル化したい捜査資料を所定の棚に簡単な要請書とともに載せるだけでいい。

「この資料、急ぎで頼むよ」

スーツ姿の捜査官が、資料を棚に載せてさっさと出て行った。

「まったく、デジタル化なんて面倒くさい。こんな雑用はアルバイトにさせればいいのよ」

棚から資料を抜き取った風間《かざま》穂花《ほのか》が、頬を膨らませた。

「生の捜査資料の取り扱いは、民間に頼めないことは分かっているでしょう？」

パソコンのキーボードを叩きながら河井《かわい》朱莉《あかり》はのんびりとした口調で言う。

二人とも採用されて四年目になる所轄の警察官だったが、今年の七月付けで本庁に転属となりデジタル保管室の担当となっている。二人とも刑事志望のため、修業という名目だが雑用係のようなものだ。

「岩城《いわき》室長、新しい資料に目を通されますか？」

穂花はパーテーションの向こうに声を掛けた。部屋は三分の一ほどのところにパーテーションが立てられており、その向こうに二つのデスクが置かれている。出入口に近い広いスペースが〝デジタル保管室〟で、奥の六畳ほどのスペースは捜査一課特命捜査対策室九係、通称〝特命九係〟となっていた。

以前は、ドアに〝特命捜査対策室九係〟の表示プレートだけだったが、七月から〝捜査資料デジタル化保管室〟と記された表示プレートが上に並んでいる。

「ああ」

岩城哲孝《てつたか》はパーテーションの端の隙間から抜け出ると、穂花から資料を受け取った。

昨年の十二月に特命九係の係長であった山岡雄也《やまおかゆうや》が、突然依願退職した。以前から患っていた鬱病が悪化したことが原因である。特命九係は、捜査一課長である坂巻昌幸《さかまきまさゆき》の肝入りで立ち上げられたが、主任の岩城と係長の山岡、それに後輩の加山達雄《かやまたつお》の三人だけという小規模な部署だった。

特命捜査課の他の係は、迷宮入りした事件の捜査をする。だが、九係は事件を迷宮入りさせないため、他部署の捜査に介入する特別な係である。他部署の反発は当然であり、それを避けるために三人という最小のチームにしてあったのだが、それが仇《あだ》となったのだ。

半年近く岩城と加山の二人で頑張ってみたものの、係としては機能しないため成果も挙げられなかった。岩城が増員を上申していたところ、穂花と朱莉の二人が加わることになったのだ。だが、結果を挙げていない係を補強することに上層部では抵抗があったらしい。そのため、予《かね》て捜査課から望まれていた〝デジタル保管室〟を九係が兼務することで収まったのだ。

岩城は七月に警部補から警部に昇任し、九係の係長が不在のため係長代理になった。同時に〝デジタル保管室〟の室長になっている。一見出世のように見えるが、引受先がなかった〝デジタル保管室〟の責任者の兼務というのは岩城にしてみれば罰ゲームのようなものだ。

「それじゃ、この資料もよろしく」

岩城は資料に目を通すと、穂花に渡した。放火事件の資料で、容疑者は現行犯逮捕されて自供もしている。九係が扱うような事件ではないのだ。特命捜査対策室は、他の係と同じ殺人事件を対象にしている。

〝デジタル保管室〟の室長になっていいこともある。以前は他部署の捜査資料は、坂巻を通じて渡されていた。だが、彼は多忙なため資料が手に入らないこともあった。だから言って、捜査中の資料を他部署に見せろとは言えない。しかし、〝デジタル保管室〟なら、資料は勝手に舞い込んでくるのだ。

「了解！」

穂花はわざとらしく敬礼した。彼女たちは、捜査資料のデジタル化という雑用にうんざりしているようだが、仕事はそれだけではない。

刑事になるには、警察官としての普段の業務だけでなく、刑法犯の検挙などの実績を問われる。その他にも武道の段位や最近では語学力も求められるのだ。地道に実績を積むことで刑事課から推薦を受け〝刑事講習〟を受けることで刑事になる道が開ける。

穂花と朱莉は、交番勤務で主に軽犯罪者であるが、何度も検挙して実績を積んでいた。また、穂花は実戦空手三段、剣道二段、朱莉は合気道初段、柔道初段と武道の腕前もあり、刑事として有望株なのだ。

逮捕術は二人とも段位を取っていないので、勤務時間外で特訓しなければならない。また、刑事の登竜門となる〝刑事講習〟については、〝デジタル保管室〟での働きが認められれば、岩城が推薦することになっているが、犯人検挙と違って評価は難しい。

彼女たちの仕事は単純だが、様々な部署の捜査資料を読む機会は普通の警察官にはない。捜査資料を読みこなし、疑問に思ったことを経験豊富な岩城に投げ掛ければ現場に出なくても力は付く。そこまで考慮して坂巻は将来有望な二人を岩城に預けたのだが、彼女たちが自覚しているかどうかは知らない。

「作業を終了しました」

朱莉は最後の資料をパソコンに入力すると、席を立ちジャケットを手にした。

「英会話教室に遅れますので、お先に失礼します」

穂花も机の上を片付け、席を立った。腕時計を見ると五時十七分になっている。通常勤務は午前八時半から午後五時十五分である。勤務時間を二分超過しているので、それ以上のものを彼女たちに求めることはない。

「お疲れ」

岩城は二人に軽く手を振った。

2

午後八時半。

岩城と加山は、虎ノ門《とらのもん》の裏路地を歩いていた。

二人とも地下鉄有楽町《ゆうらくちょう》線の沿線に住んでおり、桜田門《さくらだもん》駅と反対方向に来ている。官庁街にある庁舎の周辺には赤提灯がないので、食事がてら軽く飲むのにいつも歩くことになるのだ。

仕事は定時の五時十五分に終えることもできるが、少しでも成果を出そうと自主的に残業するのが習慣となっていた。また、他の部署が夜遅くまで仕事をしている手前、早く帰るのが後ろめたいこともある。

虎ノ門から西新橋《にししんばし》に至る裏路地には、再開発から取り残された昭和の遺物とも言える飲み屋街がある。馴染みの店の一つである〝こぶしの花〟という赤提灯の暖簾を潜《くぐ》った。三階建ての小さなビルの一階にあり、二階にも灯の消えた焼き鳥屋の看板がある。新型コロナウイルスのせいで廃業した店がこの界隈にもあるが、二階の店は十数年前に潰れてから空き家になっているそうだ。

「いらっしゃい。今日は二人かい？」

女将の宮下勝子《みやしたかつこ》が、張りのある声で迎えてくれた。年齢は七十代らしいが、ハキハキとして若々しい。随分前に亭主に先立たれて一人で切り盛りしていると聞く。

紹介してくれた本庁の先輩の話では、宮下は近所にある月極駐車場のオーナーで安定した収入があり、居酒屋は趣味でやっているそうだ。店が入っている建物も持ちビルで、三階が住居で家賃は掛からない。そのため、メニューは新橋界隈ではありえない低価格に設定してあり、サラリーマンに人気があった。

二人はカウンターに並んで座った。客は他にも四人ほどいる。

「とりあえず、ビールに馬刺し、冷奴も」

岩城はこの店での定番メニューを頼んだ。宮下は山梨出身らしく、メニューにほうとうやだんご汁もある。中でも馬刺しは絶品なのだ。

「ビールに枝豆、それにおざらをお願いします」

加山は壁に張り出してあるお品書きをチラリと見て言った。「おざら」とは、夏季に食べられる「ほうとう」の冷たい麺で、山梨県の郷土料理である。地元では普通に食されているらしいが、東京ではなかなかお目にかかれない。

「はいよ」

威勢よく返事をした女将は、グラスだけカウンターに用意した。

出入口近くに小さな業務用冷蔵庫が置かれており、ビールや日本酒の小瓶が冷えている。客は自分で取り出し、栓を開けて飲むのだ。女将は七十歳を過ぎてからさすがに仕事がきついからと、酒の提供をセルフサービスにしたのだ。

「山岡さんは元気？」

女将は馬刺しの小皿を出しながら聞いた。

「先週の日曜日も会ったけど、元気にしていたよ。まあ、仕事をしないことが薬になっているのかもしれないね」

岩城は手酌でビールを飲みながら答えた。

山岡は練馬区の光が丘に住んでおり、地元の少年野球チーム〝光が丘ペガサス〟の監督をしている。岩城と加山はともに野球経験があるため、土日の練習を臨時コーチとして手伝っていた。

「去年の暮れに、山岡さんに、うちの二階の話をしたことがあるの。元気になったら真剣に考えてみると言っていたわよ」

女将は声を潜《ひそ》め、枝豆の小鉢を岩城と加山の前に置いた。今日のお通しは、枝豆らしい。

「二階って、元焼き鳥屋の？」

岩城は両眼を見開いた。

「まさか、山岡さんは、焼き鳥屋を始めるつもりなんですか？」

加山がビールを吹き出した。

「そこまでは聞いていないけど、何か商売を始めるんじゃない？　山岡さんは信頼できる人だから、賃料は安くするって言ったら結構乗り気だったわよ」

女将は包丁を振りながら答えた。趣味で商売をやっているので、ただ同然で貸すのだろう。商売を始める気なら魅力的な話に違いない。

「今度、直接聞いてみますよ」

岩城は渋い表情で言った。鬱病で退職した山岡に、客商売ができるとは思えない。本人に直接聞いた方がよさそうだ。

「答えてくれますかね。山岡さんは、結構秘密主義ですから」

加山は横で肩を竦《すく》めている。

山岡は、岩城や加山に何の前触れもなく退職した。彼の場合、精神的な病のためそれも仕方がないと思っている。土日の少年野球チームの手伝いで顔を合わせるが、岩城らに特段話はない。彼のチームを手伝うのは、子供たちのためと割り切っているので感謝すら期待していないが、心を開いて欲しいという気持ちはある。

一時間後、ほろ酔い気分の二人は店を出た。昭和の面影を残す路地裏を抜け、小綺麗な近代的なビルが並び片側四車線もある桜田通りに出ると、そのギャップにはいつも違和感を覚える。

「酔っ払いが寝込んでいますよ」

加山が通りの反対側を指差した。文部科学省前の植え込み近くの歩道に男性が横になっている。眠っているのか気を失っているのか二人の場所からは分からないが、動く気配はない。

「本当だ。仕方がないな」

二人は霞《かすみ》が関《せき》三丁目交差点の横断歩道を渡り、倒れている男性に駆け寄った。すえたアルコールの臭いがする。

「むっ！」

岩城は眉間に皺を寄せた。酔っぱらいと思《おぼ》しき男性は腹部に数カ所の刺し傷があり、かなり出血しているのだ。

「駄目です」

跪《ひざまず》いた加山は、男性の顎の下に指を当てて首を振った。脈はないらしい。

岩城はポケットから常時携帯しているペンライトを出し、男性の瞼を開いて瞳を照らした。瞳孔は反応しない。出血量が多く体温もかなり下がっているので、死亡と判断してもいいだろう。

「本店に連絡します」

加山がスマートフォンを出して言った。本店とは本庁の隠語である。

「ああ」

岩城は、険しい表情で頷いた。

3

午後九時五十分。霞が関。

文部科学省前に覆面パトカーと通常のパトカーが連なり、大勢の警察官が現場の保存作業を進めている。

加山が本庁に応援を要請し、初動捜査のために機動捜査隊と機動鑑識隊が駆けつけて来たのだ。

機動捜査隊の私服警察官らは現場を封鎖すると、聞き込みと周辺の捜査をはじめた。殺人事件で武器を持った容疑者が現場近くに潜伏している可能性もある。武器を携行している機動捜査隊の初期段階での捜査は、早期に犯人を逮捕するには重要である。

「それにしても、うちのシマで殺しって大胆だな」

〝機捜〟と記された腕章を着けた藤村誠《ふじむらまこと》が、岩城を見て首を振った。腕章の下部に黄色線がある。黄色線が上は警部補で主任クラス、下の場合は班長の警部か隊長の警視だ。藤村は警部で、隊長補佐をしている。警視庁のお膝元だけに警視の杉崎綱紀《すぎさきこうき》が隊長として直接指揮を執っているのだ。

第一発見者である岩城と加山は、藤村に事情を説明していた。藤村は気のいい男で岩城と年齢が近いこともあり、違和感なく話ができる。

「単純な殺しじゃないと私は思う。ホシはただの馬鹿かもしれないが、警察への挑戦かもな」

岩城は腕組みをして頷いた。被害者は携帯していた身分証明書から財務省の職員ということは分かっていた。金だけ抜き取られた財布が死体の近くの植え込みに捨ててあり、中から身分証明書が見つかったのだ。官庁街で凶悪な事件を起こせば警視庁が総力で捜査をする。それが、分かった上での犯行なら挑戦的と言えるのだ。

「第一発見者が、岩城さんでよかったよ。民間人からの通報なら赤っ恥をかいていた」

藤村は笑ってみせた。

「どこが引き継ぐのかな？」

岩城は藤村の言葉を聞き流し、鑑識作業を見ながら呟いた。民間人じゃあるまいし、第一発見者でお手柄と言われても嬉しいはずがない。事件を担当する部署に協力を申し出るつもりだ。

「明日の帳場で決まるさ」

藤村は、岩城の独り言に律儀に答えた。

帳場とは所轄の警察署に置かれる捜査本部のことである。事件現場の管轄である麹町《こうじまち》署に捜査本部が立ち上げられ、本庁の担当部署と一緒に捜査が進められるのだ。だが、担当部署を決めるのは本庁の理事官であり、警部クラスが知り得るはずがない。

「うん！」

岩城は交差点の横断歩道を渡ってくる数人の男を見て左頬をぴくりと痙攣《けいれん》させた。先頭を歩く中年の男は、捜査一課の管理官、森高武雄《もりたかたけお》である。現場は本庁から四百メートルほどで、捜査員を引き連れて徒歩でやって来たのだろう。

二〇一七年八月、岩城はコンビニ強盗殺人犯の黒部《くろべ》と遭遇し、揉み合いとなった。その際、黒部が所持していた銃が暴発し、死亡させている。岩城は正当防衛が認められたが、道義的責任を取る形で、一課から外されて所轄の交番勤務を命じられた。

あまりの冷遇に刑事部でも反発が起きたが、上司である森高はむしろ降格人事に賛成したのだ。岩城も事故とはいえ、人一人の命を奪った罰として受け入れた。だが、いっさい岩城を庇《かば》うことをしなかった森高に対して心証は悪い。

森高は規制線を潜り、岩城と藤村の横を通り過ぎた。一瞬、岩城と目が合ったが、眉を吊り上げただけである。もっとも、岩城も元上司に対して無言でやり過ごした。挨拶などするつもりもない。森高は古巣である第三強行犯二係を引き連れて来ていた。係長や主任など知った顔もある。彼らは岩城に会釈して通り過ぎた。

「相変わらずだね」

藤村が森高を横目で見て鼻先で笑った。彼は岩城の事情を知っているのだ。というか知らない者はいないだろう。

森高は犯人を検挙するためなら、手段を選ばないことで有名である。また、部下の失敗を許さず、時に激昂して人前でも叱責するため評判が悪いのだ。

「杉崎さん、担当は二係と決まった。あとは我々で対処する」

森高は杉崎に現場から機動捜査隊が立ち去るように暗に催促した。理事官は迅速に担当部署を決めたらしい。引き継ぐなら事前に杉崎にも連絡があるはずだが、手続きを飛ばしたようだ。

「……了解しました」

杉崎は、恨めしそうな目で返事をした。初動班である機動捜査隊が、担当する部署に捜査を引き継ぐのは当たり前のことである。だが、その際、労《ねぎら》いの言葉があってもいいはずだ。森高の言動に近くにいる機動捜査隊の警察官らの顔が強張ったが、相手が管理官では誰も文句は言えない。

管理官は一課の課長、理事官に次ぐナンバー3である。また、いくつかの係を統括し、捜査の指揮を執る現場のトップなのだ。

「二係か……」

岩城は絶句した。捜査に多少でも関わりたいと思っていたが、森高が指揮する捜査チームでは願い下げである。もっとも、向こうも岩城を拒絶することは目に見えている。

「駅まで送っていこうか？」

藤村が岩城と加山を見て言った。

「大丈夫だ。ありがとう」

岩城は軽く頭を下げると、規制線を潜った。

4

十月二十八日、午前八時十分。〝デジタル保管室〟。

この時間、岩城は自席でコーヒーを飲みながら朝刊を読むのが日課である。

新宿区の新小川町《しんおがわまち》に住んでおり、七時半に家を出ても八時前には庁舎に着く。だからといって、就業時間ぎりぎりに出勤するつもりはない。十年以上前に妻を亡くしてから気ままな独身ではあるが、人気《ひとけ》のないマンションにいても時間の無駄だと思っている。

六畳ほどのスペースに二つの机が背中合わせに並べられ、奥の壁にスチール棚が置かれている。事務用品は極端に少ない。まだ、目を通していない資料はスチール棚に入り切らず、段ボール箱に入れられて壁際に積んである。

「おはようございます」

加山が壁とパーテーションの八十センチほどの隙間から現れた。〝デジタル保管室〟ができる前は、仕切りもなく広々と部屋を使っていた。岩城や加山はパーテーションは必要としないのだが、〝デジタル保管室〟を利用する他部署の捜査官が気になるというのだ。仕方なく、九係は狭い穴蔵のようなところに収まっている。

「おはよう」

岩城は加山と目を合わせると、腕時計を見て新聞をゴミ箱に捨てた。新聞を見るのは八時十五分までと決めている。机の左端に積んである書類の一番上から、捜査資料を取った。

「昨日の事件は、強盗殺人としてホシを追っているそうですね」

加山は折り畳んだ新聞を自分の机に載せると、椅子に座った。「文部科学省前強盗殺人事件」として、今朝のニュースや朝刊にも掲載されていた。

「知っている」

岩城は捜査資料を読みながら素っ気なく答えた。管理官の森高は刑事部の中でも嫌われ者だが、実績を残しているので上層部からの評価は高い。彼が指揮を執った時点で、岩城は事件との接点はなくなったと思っている。

「おはようございます」

パーテーションの隙間から穂花が、顔だけ出して挨拶をした。

「おはよう」

岩城と加山は、声を揃えた。

「おはようございます」

今度は朱莉が顔を見せた。最初の頃は二人ともパーテーションの中に入って来て律儀に挨拶したものだが、二週間ほど前から顔出しだけになっている。

「おはよう」

岩城と加山は、また同時に答えた。

朱莉はぺこりと頭を下げながら引っ込んだ。人形劇を見ているようで、あっさりとしたものである。

彼女たちにしてみれば、配属先が〝デジタル保管室〟という訳の分からない部署で、九係ではないからだろう。仕事はきっちりとやっているが、やる気が失せていることは分かっている。だが、岩城としてもどうしようもないのだ。

〝デジタル保管室〟の室長としては上司であるが、彼女たちに九係の手伝いをさせれば、パワハラになるかもしれない。九係も資料読みが主たる仕事で、興味がなければつまらないだろう。正直言っていきなり部下になった二人の女性警察官の扱いに、未だに戸惑っているのだ。

「やっぱり、あれがいけないんですよ」

加山は床を蹴って椅子を滑らせて岩城の横に付けると、耳元で囁くように言った。

「何が、やっぱりだ？」

岩城はじろりと加山を睨《にら》んだ。

「ちゃんと歓迎会をしていないでしょう。それで彼女たちは我々と意思疎通が出来ないんですよ」

加山は肩を竦めて見せた。

「歓迎会は、初日にやっただろう」

岩城は鼻先で笑った。

「何を言っているんですか。あれは、ただのお茶会ですよ。然るべきところでするものが、歓迎会と言えるんです」

加山は首をわざとらしく振ってみせた。「然るべきところ」とは飲食店のことだろう。彼女たちが赴任した日に、部屋でソフトドリンクだったが乾杯し、挨拶もしている。世の中新型コロナが流行しているので、外部の店では出来なかった。

「新型コロナだぞ。それに、二対二の飲み会はおかしくないか」

岩城は加山の熱の入れように苦笑した。実は新型コロナは言い訳で、若い女性と飲食店に行くことで合コンをセッティングしたと勘繰られては困ると避けたのだ。大勢ならともかく、下手をすればセクハラである。

「自意識過剰ですよ。若い子がおじさん相手にそんなことは思わないでしょう」

加山の小鼻が開いた。彼はそう思っていないということだ。

「自意識過剰？……待てよ。二対二と考えるから意識してしまうのか。おまえは厳密に言えば、〝デジタル保管室〟と関係ないな。おまえを加えるとややこしくなるから意識していたんだ。いいアドバイスをありがとう。ちょっと出かける」

岩城はぽんと手を叩くと、立ち上がった。

「ええー。殺生な」

加山は高い声を上げ、慌てて口を手で塞いだ。この男の魂胆は丸見えである。

岩城はパーテーションの隙間を抜けて〝デジタル保管室〟を出た。階段を降りて六階の大部屋を通り、一課長室のドアをノックした。

「どうぞ」

坂巻の渋い声が響いた。彼は一課で一番忙しい人物と言っても過言ではない。

「お忙しいところ失礼します」

岩城は頭を下げ、坂巻のデスクの前に立った。一捜査員が、声を掛けられるような人物ではない。だが、山岡が退職してからは、何かあれば相談に乗ると言われていたのだ。

「珍しいな。どうした？」

坂巻は表情もなく尋ねた。左手に分厚い資料を持っている。大きな事件の捜査資料なのだろう。

「実は〝デジタル保管室〟の新人の件で、ご相談があります」

岩城は直立不動の姿勢で答えた。

「二人はもう音《ね》を上げたのか？」

坂巻は笑みを浮かべた。

「いえ、そういうわけではありませんが」

岩城は首を捻った。〝デジタル保管室〟に彼女たちを配属したのは、坂巻と聞いている。言葉尻から、配属が懲罰的なものに感じられたのだ。

「君には言っていなかったが、実は二人とも一ヶ月の謹慎を命じた後で、〝デジタル保管室〟に配属したのだ。二人とも有能なだけに、つまらない不祥事で経歴を傷つけたくなかったのだ」

坂巻は大きく息を吐くと、説明した。

「不祥事？」

岩城は首を傾げた。

「彼女たちが同じ交番に勤務していたことは知っているな。そこで二人は先輩の警官木《き》川暁斗《かわあきと》から執拗なセクハラを受けていた。二人は上司に相談したのだが、対応してもらえなかったようだ。その後も彼女たちは耐えたらしいんだがね」

坂巻は溜息交じりに話を進めた。

ある日、木川が朱莉に関係を迫ったそうだ。それを聞きつけた穂花が、朱莉と一緒に抗議した。だが、木川は二人に卑猥《ひわい》な言葉を発して、あろうことか朱莉の胸を触ったらしい。そこで、二人は即座に木川を組み伏せ、現行犯逮捕した。

「彼女たちに非はないと思うんですが？」

岩城は頭を掻いた。木川が手を出すまで我慢していたのなら、立派である。

「二人のどちらかが、相手をねじ伏せる際に股間に蹴りを入れたらしい。それを木川が傷害罪で訴えたんだ。我々は、木川に二人への訴えを取り下げさせる代わりに彼の罪を不問とし、依頼退職させて極秘に処理した」

関係者に箝口令《かんこうれい》を徹底させたようだ。普通なら岩城の耳にも届くだろう。

「なるほど。セクハラにパワハラ、裁判を起こせば勝訴し、世間も女性の味方につくでしょう。しかし、傷つくのは彼女たちです。マスコミに騒がれた挙句、彼女たちも警察を辞めざるを得なかったでしょうね」

岩城は大きく頷いた。二人を交番勤務から外したのは、関係者の目に触れないようにという気遣いもあったのだろう。一見懲罰的な采配だが、坂巻の温情が感じられる。

「他にも聞きたいことがあるのかね？」

坂巻は書類に目を落とした。

「彼女たちをいつまで〝デジタル保管室〟付きにしておくのですか？」

岩城は遠慮がちに尋ねた。

「君次第だ」

坂巻は岩城を見上げて言った。

5

午後三時四十分。

〝デジタル保管室〟に私服の警察官が現れた。

「デジタル化する書類は、そちらの棚に置いてください」

穂花はパソコンのキーボードを叩きながら言った。

「いや、私は二係の伴田《ともだ》ですが、岩城警部に取り次いでもらえませんか？」

伴田は、珍しそうに部屋を見回しながら尋ねた。はじめて訪れたようだ。

「やあ、伴田。どうした？」

声を聞きつけた岩城は、奥のエリアから出た。男は伴田吾郎《ごろう》という二係の主任で、岩城のかつての後輩であり、加山にとっては先輩である。

「係長からの伝言ですが……」

伴田は穂花と朱莉を横目で見た。難しい話かもしれない。

「彼女たちも九係だ。この部屋から情報が漏れることはないから安心してくれ」

岩城は穂花らを見て尋ねた。二人とも岩城の言葉に驚いているようだ。〝デジタル保管室〟は刑事総務課に属している。岩城は捜査一課の仕事を請け負う穂花らの監督官であり、便宜上室長と呼ばれているに過ぎない。ちなみに捜査二課と三課には、〝デジタル保管室〟はない。デジタル化を理由に、坂巻が穂花らのために設けた部署だからだ。

「係長から、昨夜の文部科学省前の事件の第一発見者である岩城さんと加山さんのお二人に改めて事情を伺ってくるように言われました」

伴田は言い辛そうに答えた。

「それだけか？　電話でもすみそうだな」

岩城は目を細めた。事情を聞きたいのなら、六階の大部屋に呼び出せばいい。わざわざ使いを寄越すのは、他にも理由があるからに違いない。

「……森高管理官から、九係との接触を禁止されました」

伴田は声を潜めた。彼がこの場所にいるのも問題ということだ。

「なるほど。それで大っぴらには会えないというわけか。だが、俺たちの話を聞いてもたいして役に立つとは思えないが」

岩城は改めて室内を見て溜息を漏らした。打ち合わせ用のテーブルも椅子もないのだ。

「室長。五階の小会議室が空いていますが、どうしますか？」

朱莉が、尋ねてきた。庁内のネットワークで、各階の会議室の空き状況を調べて予約ができる。岩城と伴田の会話で判断したらしい。

「一時間、押さえてくれ」

岩城は即答した。

「押さえました」

朱莉はパソコンのキーボードを軽く叩いて答えた。

「加山！　全員で会議室に移動するぞ。穂花くん、部屋の施錠をしてくれ」

岩城は次々と指示すると、部屋を出た。伴田は森高の目に触れないように先に会議室に向かわせている。

最後に部屋を出た穂花は、ドアに紙を貼り付けた。「午後四時五十分まで、スタッフ不在。デジタル保管室」と印字されている。速攻でプリントアウトしたらしい。穂花も朱莉も咄嗟の判断力に優れていることがこれで分かった。仕事ができる人間は想定外の状況下でこそ真価を発揮するものだ。

岩城らは階段を使って五階の小会議室に入った。

二十平米ほどの部屋で、八人掛けのテーブルが置かれている。

「おっ」

岩城は出入口近くで立ち止まった。テーブル奥の椅子に、二係の係長である今岡和弘《いまおかかずひろ》と伴田が座っていたのだ。

「すまない。伴田から会議室で打ち合わせと聞いて、飛んで来たのだ。事情は私から直接話した方がいいと思ってね」

今岡は岩城らに座るように右手を伸ばした。

「伺いましょう」

岩城が頷くと、加山と穂花と朱莉の三人も席に着いた。

「面と向かって話すのは、久しぶりだな。どこにいたんだ？」

席に着いた岩城を見て、今岡は笑みを浮かべた。

「これでも本店にはいたんですよ。私と会って大丈夫なのですか？」

岩城も今岡の皮肉に答えて笑った。一課を追われて交番勤務になった際、異議を唱えたのは二係の上司や仲間だった。二係は一年ほど、森高管理官から冷遇されたと聞く。

そのため、岩城は彼らに迷惑が掛からないように本庁に戻ってきても接触を避けてきたのだ。

「ここだけの話だと思って聞いてくれ。森高管理官は、岩城くんが関わっていると聞いて我を失っているらしい。本来、第一発見者に事情を聞くのが捜査の基本だが、彼は機捜からの報告だけで充分だと判断した。もっとも君というより、九係と関わるのが嫌なのかもしれない」

今岡は眉間に皺を寄せた。

「九係の介入を避けたいのですね」

岩城は頷いた。九係は他の部署や所轄の捜査の間違いを正すこともある。森高は完璧主義者だけに、捜査介入の可能性をあらかじめ排除しておきたいのだろう。

「森高管理官のもとでは、捜査の方向性が危ぶまれる。九係の助けが欲しいのだ」

今岡は両手をテーブルに突いて頭を下げた。

「ありがたい申し出だと思います。しかし、伴田にもさきほども言いましたが、お役に立てるとは思えませんが」

岩城は正直に答えた。犯人を見たわけでもない。それに現場を保存するために、生死の確認以降は死体に触れることもなかったのだ。

「午前中に麴町署に強盗殺人事件として捜査本部が設けられた。その線で捜査をするのなら捜査員は足りている。だが、現段階で犯行を単純な強盗殺人と決めつけていいのかと、私は思っているのだ」

今岡は妙なことを言った。捜査方針に疑問を抱いているらしい。

「殺人と強盗が行われた以上、強盗殺人事件として扱うのは当然だと思いますが」

岩城は首を捻った。

「マルガイの遺体は、麴町署の霊安室に置かれている。午後五時に司法解剖を委託しているK大に移送される。その前に自分の目で確かめてくれないか。私の言わんとしている意味が、君なら分かると思う」

今岡は岩城と加山の顔を交互に見た。マルガイとは被害者のことだ。

「森高管理官と遭遇するのは避けたいですね」

岩城は軽く首を振った。

「管理官は、午後から丸の内署で別件の捜査本部を立ち上げられている。今日はそちらに掛かりっきりになるはずだ。今なら麴町署に行っても問題ない」

今岡はにやりとした。

「それなら、九係は麴町署に社会科見学に行きますよ」

岩城は加山と穂花と朱莉の三人を順に見た。

6

午後四時十五分。

覆面パトカーである黒塗りのトヨタ・マークXが新宿通りから麴町警察署前交差点を右折し、警察署横の車庫前にある駐車スペースに停まった。

岩城が覆面パトカーの助手席から降りると、加山と穂花と朱莉は後部座席から降りた。庁舎に戻ることなく帰宅できるように、穂花と朱莉は私服に着替えさせてある。二人ともダークスーツを着ているので刑事に見えなくもない。もっとも、刑事ならたいていスーツは少々くたびれている。

二係の今岡に「社会科見学に行く」と言ったのは、彼女たちを同行させるつもりで言ったのだ。穂花と朱莉は殺人事件の被害者の遺体を見に行くことを喜んでいた。二人が刑事になりたいという気持ちがどれだけ強いか試そうと思っている。

運転席から降りた伴田は、警備に立っている警察官に軽く右手を上げて挨拶をした。

岩城は正面玄関に向かうべく、駐車スペースに停めてあるパトカーの脇を抜けようと回り込んだ。

「警部。こちらから行きましょう」

伴田は車庫の中の右手にあるドアを指差した。

岩城らは伴田に従って建物の中に入り、階段で地階に下りた。穂花と朱莉は、強張った表情をしている。三年間の交番勤務で様々な経験をしているはずだが、所轄の霊安室は初めてらしい。

「警察署の霊安室は薄暗いと思われていますが、意外と明るいんですよ」

伴田が振り返って笑顔で言った。穂花と朱莉の二人を気遣っているらしい。霊安室というプレートが貼られたドアを開けた伴田は、岩城らを先に通した。

正面に業務用冷蔵庫に似たステンレス製のドアが並んでいる。真ん中のドアの前に木製のスタンドがあり、香炉とおりんが載せられていた。

岩城が木製のスタンドの前に立って伴田を見ると、頷いて見せた。被害者の遺体が安置されているということだ。

香炉の脇に置かれている小箱から線香を取り出した岩城は、ライターで火を点けた。線香の火を右手で扇いで消すと、香炉の灰に挿した。りん棒で香炉の右隣りに置かれているおりんを軽く叩き、手を合わせる。死者の冥福を祈るということもあるが、捜査の対象として扱うことに対して死者に許しを請うのだ。

岩城が香炉の前を退くと加山、穂花、朱莉の順に焼香を行い、最後に伴田が手を合わせた。

伴田は木製スタンドを脇にどかすと、ステンレス製のドアを開ける。冷蔵室から白い冷気が漏れてきた。二段の金属製の台があり、上段に遺体があった。

「財務省理財局係長、後藤紀彦《ごとうのりひこ》、四十九歳です」

伴田は金属製の台を手前に引き出しながら、厳かに言った。

後藤は裸で寝かされており、検視のために洗浄だけされたようだ。

岩城は穂花、朱莉をチラリと見た。いまのところ、まだ緊張はしているようだが顔色は悪くない。はじめて遺体を見る警察官は、男女関係なく嘔吐することがある。少なくとも青ざめた顔になるものだ。

「腹部に五カ所の裂傷がありますね」

加山は死体の腹部を見て言った。

「二人ともホトケさんの傷口を見て、どう思う?」

岩城は穂花と朱莉の顔を交互に見て尋ねた。

「凶器は、鋭利な刃物ですね。傷口からすると、ダガーナイフかもしれません」

穂花が先に口を開いた。傷口の端はどちらも尖っている。凶器は双刃《もろは》の可能性が高い。

彼女は素っ気なく答えたが、傷口から判断するのは簡単なことではないのだ。

「前から襲われたのなら、犯人は右利きということになりますね」

次に朱莉が言ったものの首を捻っている。傷口は左下腹部に集中している。左利きなら背後から襲ったことになるだろう。犯人の立ち位置を迷っているらしい。

「二人ともいい読みだ。犯人は左利きだろう。首に圧迫痕が残っている。犯人は右手でマルガイの首の後ろを摑み、左手で刺したんだ」

岩城は左耳の下を指差した。何度も同じ所に刺す場合は、犯人は被害者が動かないように押さえつける必要がある。

「僅かに赤い斑点が残っています。これが圧迫痕なんですね。凄い」

朱莉が首の後ろ側を覗き込んで声を上げた。

「本当だ。首の右側に四つ、左側に親指と思われる圧迫痕があります」

穂花は自分のスマートフォンのライトを点灯させて、朱莉の反対側から観察しながら頷いた。二人ともいい見立てだ。

「スマートフォンで遺体をあらゆる角度から撮影してくれ」

岩城は穂花と朱莉に指示すると、彼女たちから離れた。

「どう思いますか?」

伴田は小声で尋ねてきた。

「複数回刺すのは、怨恨、恐怖というところだろう。通り魔的な強盗殺人なら、恐ろしさのあまりの過剰殺傷と言える。ホシを恐怖が支配したと考えられなくもない。怨恨なら財布から金を抜き取ったのは、偽装だ」

岩城は遺体を見つめながら呟くように答えた。

「どちらの線も、可能性はあるでしょう。捜査会議でも二つの方向で捜査を進めるように森高管理官から言われました」

伴田は苦笑を浮かべた。二つの可能性は、経験ある捜査官なら誰でも導き出せるからだろう。

「気になることはある。ホシが使った凶器だ。双刃のナイフを使ったことで、ホシは、ナイフに対してマニアックな人間だと思う。過剰殺傷ということも考えれば、金品を奪うことよりも、他人を傷付けることに喜びを感じているということも考えられる」

岩城は腕を組んで言った。

「その線は、捜査会議では出ませんでした」

伴田は頷いた。

「司法解剖で凶器の形状が正確に分かれば、管理官も気が付くだろう」

岩城は鼻先で笑った。森高は馬鹿ではない。部下に嫌われようが持ち前の洞察力で事件を解決し、実績を挙げてきた男である。

「……確かに」

伴田の声のトーンが落ちた。

「だが、ホシが快楽殺人犯なら、シリアルキラーの可能性も考えるべきだろう」

岩城は今岡の懸念に気が付いていた。だが、それを口にするのは悍《おぞ》ましいと口を閉ざしていたのだ。今岡は単発の事件でない可能性ありと判断し、九係に調べて欲しいと望んでいるらしい。

「それなら、我々の出番ですね。過去に遡って事件を洗い出しましょう」

加山がポンと手を叩いた。いつの間にか岩城の隣りに立っていたのだ。

「撤収しよう」

岩城は穂花と朱莉に声を掛けた。

シリアルキラー

1

岩城はデジタル保管室の前に立つと、ドアの張り紙を目にして思わず腕時計を見た。

「一分前だ」

午後四時四十九分になっている。張り紙には「午後四時五十分まで、スタッフ不在。デジタル保管室」と記されているのだ。

「超能力か」

加山は隣りで目を丸くしている。

「室長から言われた通りにしただけです。偶然ですよ」

穂花が横から張り紙を剝《は》ぎ取ると、割り込むように部屋に入った。

「お先に失礼します」

朱莉が岩城の前をすり抜けるように穂花に続いた。二人は麹町警察署から直帰させるつもりだったが、帰宅時間には早いので戻ってきたのだ。それに、彼女たちは、被害者の遺体を検分してから俄然やる気を見せている。帰れとは、とても言える雰囲気ではない。

「我々も、入りますよ」

加山に背中を押され、岩城はデジタル保管室に入った。

「室長、私たちからいくつか提案があります」

穂花が腕組みをして部屋の中央に立っていた。朱莉は自席で内線電話を掛けている。

「もちろんだ。自由に発言してくれ」

岩城は笑みを浮かべた。

「まず、この部屋に打ち合わせができるテーブルと椅子を設置しませんか？」

穂花は足元の床を指差した。デジタル保管室の仕事の内容は至って簡単なため、これまでまともな打ち合わせをしたことがない。そのため、打ち合わせテーブルは必要なかったのだ。

「その意見には賛成だ。だが、どこかでテーブルを調達しないといけないな」

岩城は頷いた。

「三階の会議室にあるテーブルと椅子が余っているそうです。総務課に確認しました」

朱莉は受話器を置くと、振り返って言った。総務課に問い合わせていたらしい。

「手回しがいいな。それじゃ」

「私たちはこれから被害者の写真を整理しますので、室長と加山さんはテーブルと椅子をお願いできますか？」

穂花は岩城の言葉を遮った。彼女はどちらかというと気が強いところがある。だからと言って、上司に命じるような女性ではない。言葉遣いから、彼女は興奮状態にあるらしい。おそらく、遺体を見たことが影響しているのだろう。

岩城は改めて穂花と朱莉の表情を見た。どちらものぼせているように頬が赤い。彼女たちの状態がおおよそ分かった。

「テーブルと椅子は任せなさい。その前にちょっとコーヒーブレイクにしないか」

岩城は加山に目配せした。

「はい」

加山は返事をすると、コーヒーメーカーのスイッチを入れた。彼も穂花と朱莉の異変に気が付いたようだ。

「でも、……」

穂花は不満げな顔になり、朱莉と顔を見合わせた。

「これまで君たちを見てきて、二人とも優秀だということは分かった。君たちが張り切っているのも分かる。だが、恐怖や怒りと闘っているのじゃないのか？」

岩城は二人の顔を見て尋ねた。

「私たちが？　恐怖や怒りと闘っている？」

穂花と朱莉が同時に肩を竦めた。自分達がいつもと違うことに気付いていないらしい。

「二人ともコーヒーを飲んで、私の話を聞いてくれ」

岩城は加山から紙コップのコーヒーを受け取った。加山は甲斐甲斐しく、穂花らにコーヒーを渡した。

穂花と朱莉はおとなしく紙コップを受け取り、加山に頭を下げた。岩城が紙コップを掲げて勧めると、二人はコーヒーを飲んで小さく息を吐き出した。

「君たちは、殺害されたホトケさんを見たのは、今日が初めてだね？」

岩城はコーヒーを啜《すす》りながら尋ねた。交番勤務なら時として、なんらかの死亡事故に遭遇することもある。だが、殺人事件に広域捜査で駆り出されることはあっても、死体を直接見るようなことは滅多にないだろう。

「……私は初めてです」

穂花は戸惑いながらも答えた。

「私もです」

朱莉も伏し目がちに言った。

「ホトケさんを見るのが初めてだからといって恥じる必要はない。それが普通なのだ。私がはじめて見たのは、南千住《みなみせんじゅ》の交番勤務をしていたころだ。二年目の夏だったかな、殺人事件とは無縁の管区だった。隅田川《すみだがわ》沿いの公園で死体が発見されたという通報で、私は先輩と現場に白チャリで駆けつけた。死体は川沿いの草むらに放置されていたんだ。殺されてから三日経過しており、夏ということもあって腐乱していた。その臭いなんて数メートル先からでも分かった。撲殺死体でね。私はホトケさんを見るなり、嘔吐したよ」

岩城は苦笑を交えて言った。

「私は四年目の交番勤務で、土左衛門でしたね。やっぱり、吐きました。あればかりは、今でも吐き気を催しますよ」

加山は頬を膨らませて言った。水死体は体内で発生したガスで膨れ上がると言いたいのだろう。

「理不尽に殺害されたホトケを見て、心を痛めない人間はいない。それは警官でも同じだ。だが、捜査一課の刑事はそれでは困る。ホトケを見るたびにマルガイやその家族に同情を寄せていたら心が持たないからだ。今の君たちは、ホトケを見たことで、おそらく無意識下で恐怖心や怒りを覚えているはずだ。その感情を理解できずに闇雲に行動すれば、心を蝕《むしば》まれ、捜査上のミスも犯すことになる」

岩城は穂花と朱莉の目を見て落ち着いた口調で言った。

「……確かに異常な高揚感と思っていました。というか、動いていないと被害者の姿が目に浮かぶんです。意識はしていなかったのですが、私は恐怖に怯《おび》えているのですか？」

穂花は肩を落として言った。彼女は自分を強い人間だと思っていたのだろう。セクハラの先輩警察官の股間を蹴ったのは、彼女かもしれない。

「私は今の自分を何が突き動かしているのか、理解できません」

朱莉も頷いた。

「犯人と対峙した時に判断を誤らないように、刑事は常に冷静さを求められる。だが、自分の精神状態を正しく分析するのは、難しいんだよ」

岩城は加山を見て苦笑した。二人は数年前に拳銃を手にした犯人と対峙した。その際、加山は犯人に銃撃されて負傷し、岩城は犯人と揉み合って結果的に殺している。あの時、冷静だったかと、何度自問したことか。答えは未だに見つからない。

森高から執拗に「冷静に対処したのか」と詰問された。岩城は「夢中で対処した」とだけ答えている。「冷静に」という言葉が出てこなかったのだ。森高が岩城に厳格に対処したのはそのためで、わざと犯人の首に銃口を向けて撃たせたとさえ思っているのだ。

「……私たちはどうしたらいいんですか？」

穂花は、沈んだ声で尋ねてきた。

「気を落とす必要はない。経験を積めばいいんだ。それでも間違いを犯すこともあるだろう。だが、それは、教訓として生かせばいい。ただ、今日のような感情の昂《たかぶ》りを覚えたら、自問すべきだろう。私たちの仕事は、何かと」

岩城は自分に言い聞かせるように言った。

「犯人を逮捕することじゃないのですか？」

朱莉が首を捻りながら尋ねた。

「他の課ならそれでいい。綺麗事を言うようだが、九係の仕事は真実を暴くことなんだ。その過程で犯人が逮捕される。結果を先に求めれば、間違いを犯す」

「真実を求めることが、私たちの仕事なんですね」

穂花の言葉に朱莉が頷いた。少しは分かったようだ。

「そういうことだ。加山、テーブルと椅子を取りに行くか」

岩城はコーヒーを飲み干し、立ち上がった。

2

十月二十九日、午前七時五十分。

岩城はいつもと同じ時間に、デジタル保管室のドアの前に立った。

「うん？」

岩城はポケットから鍵を出したのだが、首を傾げた。室内で声がするのだ。ドアノブを捻ると、施錠はされていなかった。

「おはようございます」

ドアを開けると、穂花と朱莉が振り返って挨拶をした。鍵は全員に渡してある。もし、忘れたとしても警備室に行けば、合鍵はあるのだ。

「おはよう。えぇっ！」

室内を見た岩城は、両眼を見開いた。

奥のパーテーションの位置が変わっている。岩城と加山のデスクの前に二枚だけ置かれており、残りは壁際に寄せてあるのだ。パーテーションが少なくなり、部屋に奥行きが出て広く感じられる。

「すみません。勝手な真似をして。室長の出勤前に元に戻そうと思っていたんです」

穂花らは二人揃って頭を下げた。

「いや、このレイアウトは悪くないぞ。しばらくこのままにして、使い勝手を検証しよう」

岩城は部屋を見回して言った。

「本当ですか？　ありがとうございます。九係が効率化できるレイアウトを朱莉と一緒に考えました。写真を撮って後でお見せしようと思っていたんです」

穂花は口元を押さえて飛び跳ねた。

「仕事の効率化が出来そうだ。それに私と加山も穴蔵から解放される」

笑みを浮かべた岩城はコーヒーメーカーのスイッチを入れると、自席の椅子に座った。今までのようにパーテーションの隙間から出入りすることはない。それに視界が広くなった分、開放感がある。これまで、奥まった場所から、トイレに行くのも億劫だった。

「それにしても、随分と早く出勤したんだね」

岩城は腕時計で時間を確認した。

「昨日、家に帰ってから室長に言われたことを二人で話し合ってみました」

穂花は神妙な顔で言った。彼女の実家は千葉で、朱莉は埼玉出身である。二人とも高校を出て警視庁に就職した。

交番勤務時代は二人とも杉並《すぎなみ》署の独身寮に住んでいたが事件を起こして異動となり、

退寮している。その際二人は独身寮ではなく、民間の賃貸マンションで生活したいという希望を出し、有楽町線の千川《せんかわ》駅近くのマンションの一室に移り住んだ。

「結論は出たのかな？」

岩城は腕組みをして背もたれに寄りかかった。

「警察官四年目の駆け出しに、結論は出せないことが分かりました。やはり、岩城さんが仰るように、経験するしかないと思います。それには、岩城さんや加山さんのお二人から学ぶことだと思いました」

穂花はポジティブな性格だが、衝動的な言動が多い。だが、今日は言葉を選びながら答えている。昨日の岩城の話で態度を改めたようだ。

「そのため、お二人を隔離するようなパーテーションは、撤去すべきだと思ったのです。出過ぎた真似だと思いましたが、私たちはこれまでのように受け身では駄目だと思ったのです」

朱莉が補足した。彼女は熟慮するタイプで穂花と正反対の性格だが、ネガティブなところもある。そんな対照的な二人だけに気が合うのかも知れない。

「なるほど、確かにそうだな。そういう意味では、私もこの数ヶ月間損した気分だよ」

岩城は大きく頷いた。突然彼女たちの上司にされて正直言って迷惑とさえ思っていたところもある。自分こそ反省すべきだと自戒した。

「おはようございます。おお！」

加山は部屋に入ってくるなり、大声を上げた。

「顔ぶれが揃ったところで、始業前だが、今日はミーティングをしないか？」

岩城は加山の肩を叩き、笑いながら言った。

「賛成です。コーヒーをお出ししましょうか？」

朱莉が手を挙げて尋ねた。

「いいね」

岩城は打ち合わせ用のテーブルの椅子に座った。

穂花と朱莉が、四人分のコーヒーを用意し、テーブルに載せた。

「はじめに、報告することがある」

岩城は穂花と朱莉の顔を見ると、勿体ぶって言った。

二人とも無言で頷いた。

「昨夜、君たちに九係の作業を手伝わせていいと、正式に一課長から許可を得た。ただし、君たちの組織上の上司である総務課長は、黙認という形にしてもらう。あくまでも手伝いという範囲にして欲しいと念を押された。だから総務課長への報告は注意して欲しいんだ」

岩城は笑みを浮かべた。課長からは岩城の裁量と言われていたが、念のために許可を得たのだ。ただ、デジタル保管室が忙しい時は、逆に岩城らが手伝うように言われてしまった。

「お手伝いできるだけで充分です。ありがとうございます」

穂花と朱莉は顔を見合わせて嬉しそうに笑った。

「今日から、文部科学省前強盗殺人事件に関係する殺人事件を九係は調査する。課長からゴーサインは得た。ただし、捜査妨害にならないように、調査は極秘で進める」

岩城は声を落とした。捜査介入という性格上、九係が本格的に稼働する場合は必ず隠密行動となる。調査の結果、問題なければそのままフェードアウトできるからだ。

「調査対象は、過去に起きた刺殺による強盗殺人事件でよろしいですね」

加山が念を押すように尋ねてきた。

「強盗と見せかけた偽装の可能性もある。むしろ、凶器に絞り、三年前からの殺人事件をリストアップして欲しい」

岩城は双刃という凶器に絞って調べるべきだと思っている。司法解剖でも凶器は、ブレードバック（ナイフの背）があるものではなく、双刃だと確認された。ただ、ナイフの全容が分かるほどの傷はなかった。傷は浅かったということだ。

岩城はそこにも注目していた。怒りや恐怖に任せて何度も突き刺す場合は、力が入りすぎてブレードの根元近くまで刺さることがある。その場合、傷口に刃だけでなくハンドル（柄）に近いフィンガーガードやセレーション（波刃）がある場合は、その痕も残るものだ。

だが、遺体に残された傷跡は、深さが六〜八センチ、ブレードの幅は四センチ弱である。犯人は冷静というか機械的に何度も刺した可能性もあるのだ。

「あっ、そうだった。ちょっと、お待ちください」

穂花が慌てた様子で席を立つと、自席から自分のタブレットPCを取って打ち合わせテーブルの中央に載せた。

「被害者の写真を整理してみました」

穂花はタブレットPCの画像ライブラリーをクリックし、画像の一覧を表示させた。どの画像を表示させるか聞いているのだろう。

岩城は被害者の左下腹部のサムネイル画像を指差した。

頷いた穂花は、タッチペンで画面をタッチして表示させた。

「司法解剖の結果、刺し傷は五箇所。その内の二箇所の傷が腎臓に達しており、これが致命傷になったらしい。結果的に失血性ショック死だったが、発見が早ければ助かったかもしれない」

岩城は淡々と言った。情報は二係の伴田から報告されている。岩城と加山は第一発見者となっているが、おそらくそれ以前にも被害者を見かけた通行人はいただろう。ただ、酔っ払いと思われたのか、関わりを嫌ってそのまま捨て置かれた可能性はある。

「岩城さんは、犯人像をどう思われますか？」

加山が尋ねてきた。

「マルガイの身長は一七六センチ、年齢は四十九歳、体力はあったはずだ。彼を背後からとはいえ、首を摑んで五回も刺している。犯行はおそろしく俊敏に行われたのだろう。そもそも背後から襲ったため、マルガイの左手が邪魔だったはずだが、ホシは関係なく刺し殺している。ホトケの身長から考えて、犯人は一七五センチから一八五センチ、筋肉質だろう」

岩城は目を閉じて犯行を頭の中で再現した。犯人は屈強な男に違いない。

「素人じゃありませんよね？」

加山が念を押すように尋ねた。

「これはあくまでも私見だが、犯人はプロだと思う。一撃、二撃で腎臓を正確に刺し、後の三回はその正確な攻撃を隠すために位置を変えたんだと思う」

岩城はタブレットの画像を拡大し、腎臓を刺したと思われる二つの傷跡を指差した。

「プロというのなら、いわゆるシリアルキラーとは違いますね」

加山は首を捻った。シリアルキラーは、異常な心理的欲求で長期に亘って殺人を繰り返す犯人のことである。プロならば、殺人欲求ではなく、依頼殺人になるため、結果は同じでも両者は別物であると言いたいのだろう。

「それを見極めるためにも、九係が働くんじゃないのか？」

岩城は加山を横目で見て言った。

「了解です。警視庁のサーバーから刺殺事件を検索します」

穂花と朱莉が早くも立ち上がって自席に戻った。

「手分けしよう」

岩城は加山の背中を叩いて席を立った。

3

午後一時二十分。

「こんな時間か」

岩城は腹の虫が鳴ったので、腕時計を見て呟いた。

昼食は、庁舎の食堂が混む時間を避けて午後一時と決めている。いつもなら、加山が腹減ったと騒ぐので気付くのだが、今日は静かだったのだ。

穂花と朱莉は、毎日持参した手作り弁当を自席で午後十二時半ごろに食べるのが常である。とはいえ彼女たちはいたって静かに食べるので、食事を終えたことに気付かないことが多い。また、彼女たちのランチタイムを邪魔しないように、これまで顔を見せないようにしていた。

「加山、昼飯はどうした？」

岩城はパソコンの画面を睨みつけている加山に尋ねた。

「あれっ？　もう昼飯の時間じゃないですか」

加山は時間を確かめると、背筋を伸ばした。

「珍しく仕事熱心だな」

岩城は目頭を揉んで言った。集中して画面を見ていたせいで疲れたのだ。

「岩城さんだって、同じじゃないですか」

加山は苦笑した。朝のミーティング後に過去三年分の刺殺事件を調べることにした。岩城は一昨年、加山は昨年、穂花と朱莉は今年の捜査資料を手分けしている。

「いけない。ひょっとして、俺たちが飯に行かないから彼女たちも食べていないんじゃないのか？」

岩城は椅子を後ろに引いた。穂花らは自席でパソコンに向かって仕事をしている。

「二人とも食事はしたのかい？」

席を立った岩城は、さりげなく尋ねた。

「あっ、忘れていました」

穂花が答えたが、朱莉はパソコンを見つめたまま微動だにしない。彼女たちも夢中で資料を調べているようだ。

「昼食と休憩は午後十二時から一時ということで、なるべく定時に食事をして欲しいな」

岩城は笑みを浮かべながら言った。

「はっ、はい」

穂花はいささか不満げな顔で返事をした。岩城らが食事をしていないことを知っているからだろう。

「我々は、ちょっと出かけてくる」

「一階ですね」

穂花がすかさず言った。彼女流の皮肉である。一階とは大食堂のことだろう。庁舎には他にもレストランがあるが、岩城と加山はいつも一階の食堂で食べているのだ。

「そうだね」

岩城は返事をすると、加山も腰を上げた。

「根を詰めなくていいんだ。ちゃんと昼ごはんを食べよう」

岩城は朱莉に呼びかけるように言った。下手に肩を叩くような真似をすれば、セクハラになるので絶対しない。

「わっ、私。ひょっとして、見つけたかもしれません」

朱莉がパソコンの画面を見つめたまま言った。

「なに」

岩城は立ち止まって振り返った。

「朱莉、プリントアウトして」

穂花がすかさず指示を出す。気になる刺殺事件があった場合、プリントアウトして岩城に提出することになっているのだ。

「了解！」

朱莉が返事をすると、傍のプリンターが音を立て始めた。

「はい。室長」

プリンターの前に立っていた穂花が、出力された資料を渡してくれた。

「先に飯を食ってきてくれ」

岩城は資料を見ながら加山に言った。

「まさか。コンビニで何か買ってきましょうか？」

加山が尋ねてきた。庁舎内に民間のコンビニがあるのだ。

「適当におにぎりかサンドイッチを買ってきてくれ」

岩城は財布から千円札を出した。加山とは張り込みでコンビニの食品をよく食べている。

「任せてください」

加山は金を受け取ると、勇んで部屋を出ていった。

「九月三日、国立科学博物館附属自然教育園にて、貿易商社南港《なんこう》貿易社長、石井文也《いしいふみや》、五十七歳が右下腹部を複数回刺され、失血性ショックにて死亡。……なるほど」

岩城は打ち合わせテーブルの椅子を引いて座ると、資料を読み始めた。

被害者の財布から現金が抜かれており、近くの草むらに財布は捨ててあった。当日は、朝から雨が降っており、目撃者はいない。死体は自然教育園職員である橋下芽衣が、園内を巡回中に発見している。通報を受けて警察と救急隊員が駆けつけたが、その場で石井の死亡を確認した。

「司法解剖で、死後一、二時間経過していたことが判明。凶器は双刃の鋭利なナイフと推測される」

岩城はかいつまんで捜査資料を読んだ。

「どうですか？」

朱莉は心配げに見ている。

「怪しいな。担当は三係だな」

岩城は腕組みをして唸った。三係も森高が指揮している。下手に担当部署の捜査官と接触すれば、すぐに森高の耳にも入るだろう。森高は陰湿な性格をしているため、こちらの捜査を妨害されかねない。

「この事件もまだ未解決ですね」

穂花も資料を読んだらしく、独り言のように言った。岩城が行動を起こすべく催促しているのだろう。

「お待たせしました」

五分後、加山がコンビニのレジ袋を二つ提げて戻ってきた。

「自然教育園強盗殺人事件は、飯を食いながら考えよう」

岩城は加山からレジ袋を受け取りながら言った。行動予定は、使いに出した加山を待っていたのだ。

「ええっ!」

穂花と朱莉が同時に声を上げた。

「冗談だ。飯を食ったら、出かける」

岩城は笑いながら自席に戻った。

4

午後二時三十分。

都営浅草線の高輪台《たかなわだい》駅で降りた岩城は、地上出入口から桜田通りに出た。

昼食後、自然教育園強盗殺人事件の聞き込みをするために、加山と朱莉の二人を事件があった自然教育園に行かせた。二日続けて留守にするわけにもいかないので、穂花に留守番をさせている。今後出かける際に朱莉と交代することになっており、今回は資料から事件を見つけ出した朱莉に権利を譲ったのだ。

交差点を渡り、住宅街を抜ける一方通行の路地から二本榎《にほんえのき》通りに出る。岩城は本庁の刑事課に配属されてから長い。そのため、捜査の関係上たいていの警察署に顔を出したことがあり、都内ならどこでも土地勘があった。

二本榎通りを三百メートルほど歩いて高野山東京別院の前を通り、隣接する赤煉瓦の高輪警察署に入る。

「特命九係の岩城です。刑事課の上戸《うえと》さんに取り次いでもらえますか？」

岩城は一階の受付の制服警察官に言った。刑事組織犯罪対策課の上戸晃《あきら》とは、以前一緒に仕事をしたことがある。出がけに上戸に電話をかけたところ、午後二時から三時半までなら署にいるという。

待っている間、岩城は玄関ホールにある自動販売機で缶コーヒーを二本買った。

「岩城さん」

日に焼けた顔の上戸が、廊下の奥から顔を見せた。刑事は日に焼けているものだが、上戸は体質なのか漁師のように赤銅色《しやくどう》なのだ。そのため、仲間からゴルフ焼けとかサロン焼けと揶揄《からか》われている。

「天気がいいから、外に出ないか」

岩城は上戸に缶コーヒーを投げ渡し、外に出た。

「そうですね」

上戸は缶コーヒーを受け取ると、白い歯を見せて笑った。

気温は二十度、青空が広がり、よく晴れていた。

警察署がある交差点の対角線上の角に、木々が生い茂っている小さな公園がある。石製のベンチが木陰にあり、気持ちがいい空間になっていた。高輪署に捜査本部が立ち上がった際、捜査で息が詰まるような時は気晴らしに来たものだ。

岩城は石のベンチに腰を下ろすと、缶コーヒーのタブを引き起こして一口飲んだ。豆から淹《い》れたコーヒーの方が断然うまいが、近頃缶コーヒーもうまくなっている。コーヒー中毒の岩城にとって、いい時代になったものだ。

上戸は少し離れて座ると、コーヒーを飲んだ。最近の常識であるソーシャルディスタンスである。

「自然教育園強盗殺人事件は、担当なんだろう？」

岩城はさっそく本題に入った。上戸は岩城が特命九係ということを知っている。世間話は必要ないだろう。

「ええ、そうですよ。何か他の事件と繋がりそうですか？」

上戸は反応を示し、岩城に近寄った。

「文部科学省前強盗殺人事件と手口が似ている」

岩城は淡々と言った。上戸は信頼できる男なので、隠すつもりはない。

「そう思われますか。実は森高管理官が、あの事件を強引に引き受けたのは、自然教育園の事件とホシが同じだと睨んでいるからという噂が立っているんです」

上戸は声を潜めた。

「本当か？」

岩城は両眼を見開いた。

「えっ、知らなかったんですか？」

上戸に逆に驚かれてしまった。灯台下暗し、というか、九係は一課の大部屋にいないためにその手の噂に疎いのだ。九係は捜査の本流から外れていると、揶揄される所以《ゆえん》である。

「ということは、ゆくゆくは、二つの捜査を一つにして捜査本部を立ち上げるつもりなのか」

岩城は腕を組んだ。やり手の森高ならそうするだろう。

「まだ、凶器も見つかっていませんし、犯人どころか、動機も分かりません。傷跡が似ているだけで、同一犯とするのはちょっと無理がありませんか？」

上戸は首を捻った。傷跡が似ていることは彼も知っているようだ。

「凶器だけじゃない。やり方がプロだと私は睨んでいる」

岩城は自然教育園強盗殺人事件の捜査資料を見て、同一犯だと確信していた。

「殺しの手口が、プロなんですか？　捜査会議では恐怖に駆られての犯行と見ているのですよ。同じような犯行でも、正面と背中から襲うのとでは状況が天と地の差ということはご存じでしょう」

上戸は首を捻っている。似ているのはたまたまという可能性は確かにある。

「二つの事件は、いずれも刺し傷は五カ所、深さは六センチから八センチ、そのうちの二箇所の傷が深く、腎臓に達している。しかも、ホシは、背後からでも前方からでも同じようにマルガイを殺害した。私は、神業だと思っている」

滅多刺しに見せかけて正確に刺し殺すという技に、岩城は脅威を感じていた。

「しかし、プロなら、急所をどうして刺さなかったんですか？　捜査会議ではそこが問題になり、素人の犯行になったんです」

上戸はまだ納得していないようだ。腎臓は急所ではない。極端なことを言えば、片方でも生きてはいける。

「理由は分からないが、時間をかけて死ぬようにしたんだと思う。ホシは、殺害に快楽を覚えるプロかもしれない」

岩城は腕組みをした。苦しませるのが目的というのなら快楽殺人になるだろう。プロならさっさと殺すはずだ。明らかに矛盾していることは分かっていた。

「仕事である殺人を楽しんでいる可能性があるということですか。凶悪ですね。そうすると殺しは無差別ではなく、意味があったということですね」

上戸はようやく頷いた。プロなら殺人を請け負った可能性がある。

「私が欲しい情報は、マルガイの素性、交友関係はもちろんのことすべてだ」

岩城はそう言うと缶コーヒーを飲み干した。

「了解です。これは岩城さんとの個人的なチャンネルですね」

上戸は意味ありげに言った。彼は森高のことを知っているので、極秘で協力するということだ。

「助かる」

岩城は上戸に軽く頭を下げて立ち去った。

5

午後二時五十分。

加山と朱莉は、白金台五丁目交差点で、目黒通りを渡った。桜田門駅から有楽町線と南北線を乗り継いで来たのだ。

「最高の天気だな」

加山は両腕を伸ばして呑気そうに言った。

「緊張感なさすぎです」

スーツ姿の朱莉が苦笑した。

児童公園の脇を通り、自然教育園の正門から二人は入った。すぐ右手に教育園の管理棟がある。管理棟といっても二階建ての立派な建物だ。

「失礼します」

加山は入園券の販売窓口脇にある両開きのガラスドアを開けた。エントランスには見学者向けなのか、様々なカタログやガイドブックが置かれている。

「はい？」

窓口の女性が立ち上がった。

「私、警視庁の加山と申します。橋下芽衣さんは、いらっしゃいますか？」

加山はネクタイの緩みを直しながら尋ねた。橋下は死体の第一発見者であり、園の管理もする研究員だそうだ。

「ちょっと、お待ちください」

女性は通路の奥へと駆けて行った。

待つこともなく、さきほどの女性が若い作業服姿の女性を伴って戻ってきた。

「お待たせしました。橋下です」

橋下は立ち止まると、両足を揃えて丁寧に挨拶をした。事前に電話を入れて彼女のスケジュールを押さえておいたのだ。

「すみません。お電話をしました加山です。彼女は、同僚の河井です。今日はよろしくお願いします」

加山は橋下に名刺を渡して頭を下げた。

「こちらこそよろしくお願いします」

橋下は強張った表情で答えた。顔色も悪い。

彼女には捜査ではなく、単純に事件調書の正確性を確認するためと言ってある。事件後ショックで二週間休職していたそうだ。また、体調を崩すこともよくあるという。死体の発見者にあるＰＴＳＤ（心的外傷後ストレス障害）である。

それを聞いた加山は別の職員に案内を頼んだのだが、事件を克服するためと彼女自ら買って出てくれたのだ。

「すみません。よろしかったら案内していただけますか？」

加山は橋下の顔色を窺《うかが》いながら尋ねた。

「もちろんです。どうぞ、こちらに」

橋下は大きく頷くと、管理棟を出た。

管理棟の前は広場のようになっており、散策路の入口がある。落ち葉が積もった砂利道である散策路を三人は進んだ。

「いきなり大自然になるんですね」

朱莉は周囲を見回しながら目を丸くしている。

「こちらは、はじめてですか？」

橋下は朱莉と並んで尋ねた。

「はじめてです。東京って意外と緑が多いですけど、ここはちょっと違いますよね」

朱莉は新宿御苑《しんじゆくぎよえん》など手入れがされた庭園とは違うと言いたいのだろう。

「敷地内に土塁の跡がありますが、室町時代の豪族の屋敷跡だと言われています。歴史は古く、縄文中期からこの地に人が住んでいたようです。園内にある松の老木は、江戸時代に高松藩主松平讃岐守《さぬきのかみ》頼重の下屋敷だったころの庭園の名残だといわれているんですよ」

橋下は研究員らしく、淀みなく説明する。

「本当ですか。橋下さん、すごい！」

朱莉は声を上げげた。彼女は穂花と違ってどちらかというと無口な方だが、橋下のテンションを上げるために会話をしているのだろう。

「ここが職場ですから」

橋下は照れ臭そうに笑った。頬に赤みがさしている。緊張が解《ほぐ》れてきたようだ。

「私はいつも部屋の中だから、ちょっと羨ましいな」

朱莉は周囲を見回しながら言った。加山は二人の後ろになり、少し距離を取る。橋下への対応は朱莉の方が良さそうだ。年齢も近いので気が合うのだろう。

三人は池のほとりを通り、右の小道に入る。

散策路に入って六百メートルほど歩いただろうか、会話をしていた橋下が突然口を閉ざして足を止めた。橋下の表情がなくなっている。

「この近くですか？」

朱莉は優しく尋ねると、振り返って加山を見た。助言が欲しいのだろう。だが、彼女に任せようと思う。その方が、うまくいくはずだ。

加山はそのまま続けるように無言で頷いた。

「これ以上、現場に近寄ることが出来ないのなら、正直に言って下さい。だいたいの場所を教えていただければ、私たちだけで行きますので」

朱莉は橋下の正面に立ち、彼女の目を見つめながら言った。

「大丈夫です。当日は朝から雨が降っていました。辺りは暗くなりかけていましたが、場所はよく覚えています」

橋下は目を閉じると、大きく息をしながら話し始めた。

加山はスマートフォンを出し、事件の調書を表示させた。彼女が死体を発見したのは、午後五時十一分ごろとなっている。

「私は園内を巡回していたのですが、途中で倒木の危険性があるクヌギを調べていたりして遅くなったのです。あの日は、反対側から回って来て、管理棟に戻る途中でした」

橋下は数メートル歩くと、左手を伸ばして倒木を指差した。

「調書では、散策路の左手となっていたので、今の私たちから見て右側が現場である湿地ということですね。ロープの向こうに入っていいですか?」

ロープの右手をチラリと見た朱莉は、橋下の様子を窺った。

「……どうぞ。三メートル先に蘇鉄があります。その根元付近に、被害者は倒れていました。それより先は水生植物の群生がありますので行かないでください」

橋下は硬い口調で、答えた。

「それでは、失礼します」

頭を下げた朱莉は、ロープを跨いで草むらを進んだ。

加山も朱莉に続き、蘇鉄のすぐ近くで立ち止まった。スマートフォンに鑑識が撮影した現場の写真を表示させ、現状と比較してみる。

「頭を草むらに突っ込むように倒れていたようだね。岩城さんからここが殺害現場だったのか調べるように言われたんだ」

加山は現場写真を見ながら頭を掻いた。捜査本部では、出血の量から被害者は蘇鉄のすぐ近くで刺されて絶命したと推測されている。

「被害者が散策路で刺されて苦しみながらロープの向こうによろめいて倒れたという可能性はありませんか？」

朱莉は加山のスマートフォンを覗き込んで首を捻った。殺害現場が二、三メートルずれたところでたいした問題ではないと思っているのだろう。

「捜査本部では、加害者は被害者をナイフで脅して蘇鉄の近くまで移動し、そこで刺したと見ている。だが、岩城さんは、被害者は脅された段階で走って逃げることが出来たはずだと思っているんだ。とりあえず、現状の写真を撮っておこう」

加山はスマートフォンで蘇鉄の周囲を撮影した。

五分ほどで二人は、散策路に戻った。

「お待たせしました」

朱莉が橋下に声を掛けた。彼女の顔色は幾分よくなったようだが、相変わらず表情はない。

「大変な思いをしているのにお付き合いいただき、ありがとうございました」

加山は丁寧に頭を下げた。

「あまりお役に立てなくてすみませんでした」

橋下は首を横に振った。

「事件から二ヶ月近く経っても、精神的にお辛いのだと思います。自分ではもう大丈夫だと思っても体がいうことを聞いてくれないのでしょう。周囲の人は理解しようとしますが、理解できるものではありません。カウンセリングもされていると思いますが、効果がないので焦っていませんか？　今は治そうと気を張る必要はありませんよ。必ずよくなります。私もそうでしたから」

加山は力強く言った。

「刑事さんも、経験があるんですか？」

橋下は驚いて目を丸くした。

「何年も前の話ですが、殺人犯に腹部を撃たれて死にかけました。怪我は治りましたが、半年間、休職した後、家庭の事情もあって退職届を出しました。その後、今の上司に説得されて復帰はしましたが、犯人を目の前にすると足がすくんで動けなくなったんです。刑事としては致命傷でした。私の場合は、上司に支えられて仕事を続けることでなんとか乗り越えました。でも、結局、日にち薬で、時間が必要だと思います」

加山は苦笑を交えて話した。滅多に他人に話すことはない。自慢できる話でもないからだ。

「戻りましょうか？」

朱莉が二人に声を掛けた。

「そうだね」

加山は頷いて歩き出した。

橋下は無言で園の正門まで見送ってくれた。

「仕事とはいえ、悪いことをしたな。橋下さん、元気なかったね」

加山は大きな溜息を吐いた。

「見直しましたよ。加山さん」

朱莉が首を振って言った。

「何が？」

加山は首を捻った。

「橋下さんを励まそうと、自分の話をされたことです。苦労されたんですね」

朱莉が笑みを浮かべた。

「岩城さんの方がもっと苦労をしているよ。あの人は、私を銃撃した犯人と揉み合って相手を死なせてしまった。正当防衛だったのに交番勤務にさせられて随分酷い扱いを受けたんだ。特命九係が、吹き溜まりと言われる所以だよ」

加山は自嘲気味に笑った。

「そっ、そうなんですか」

朱莉は驚いた表情で聞き返してきた。彼女たちは岩城や加山のことを何も聞かされていないようだ。

二人は白金台五丁目交差点の赤信号で立ち止まった。

「待って下さい。加山さん」

橋下の声がする。

加山と朱莉は顔を見合わせた。橋下が手を振りながら走って来るのだ。

「思い出したんです」

追いついた橋下が息を切らしながら言った。

「どうしたんですか？」

朱莉が尋ねた。

「あの日、散策路のロープの向こうに深い靴跡があったんです。それで、私はロープを跨いで中に入ったんです」

帰り際、彼女が無口になっていたのは、思い出そうとしていたのかもしれない。

「それを警察に説明しましたか？」

加山が今度は質問した。調書には記載されていないことである。当日は激しい雨が降っていたので、消えてしまったのかもしれない。

「それが、警察が来る前にうちの職員が動揺している私を助けに来てくれて、その際、誤って足跡を踏み潰してしまったんだと思います。後で見たらぐちゃぐちゃになっていました。それで、記憶からも抜け落ちていたようです」

橋下は申し訳なさそうに頭を下げた。

「大丈夫ですよ。現場の保存が民間人に出来ないのは、当然ですから。今なら、記憶を描けますか？」

加山は優しく言った。

「これから、戻ってスケッチブックに描いてみます。いつも植物のスケッチをしているので絵は得意なんです。描き上がったら、加山さん宛にメールで送ります」

橋下は一礼すると、走って戻って行った。彼女の表情が活き活きしていた。これまで思い出したくないという気持ちで、記憶も曖昧だったのだろう。描けるほど思い出したというのなら、精神的にも安定するに違いない。

「彼女、加山さんに気があるんじゃないですか？」

朱莉はにやにやして橋下を見送った。

「揶揄《からか》わないでくれよ。これでも、意外とナイーブなんだから」

加山はふんと鼻息を漏らすと、横断歩道を渡った。

6

午後四時四十分。デジタル保管室。

岩城と加山、それに穂花と朱莉が、床に並べられた写真を見つめていた。

出先から帰ってきた加山と朱莉が自然教育園で撮影してきた写真をプリントアウトし、打ち合わせテーブルを端に寄せて現場を再現すべく並べたのだ。とはいえ、部屋のプリンターがＡ４サイズなので、実物の四分の一スケール程度である。

九係がまるで個人の探偵事務所のように弱小という弱点をＩＴ技術で補うようにしていた。とはいえ、岩城と加山に専門知識があるわけではなく、パソコンを使った捜査は辞職した山岡が得意としていた。そういう意味でも、彼が抜けた穴は大きいのだ。

だが、穂花と朱莉の二人は学生時代からパソコンを駆使していたらしく、交番勤務時代も警視庁からの情報を自分でパソコンの地図にマッピングするなど、犯人検挙に役立てていたそうだ。彼女たちの知識と技術は、確実に戦力となりそうである。

「散策路から雑草や低木が邪魔で現場を見通すことは出来ないな。第一発見者は運が悪かったな」

岩城は穂花のタブレットPCの画面を見ながら言った。散策路から加山が撮影した写真である。鑑識が撮影した写真には死体が確かに写っているが、夜間にフラッシュを使っているため周囲の状況は摑みにくいのだ。

「橋下さんに限らず、園の職員は自然が少しでも荒らされていれば気が付くそうですよ」

加山は岩城の隣りに立って言った。

「雨天で、しかも日が暮れかかっていた。視界も悪かったはずだ。彼女から事情を聞いた捜査員はよくそれで納得したな」

岩城は首を横に振った。調書には第一発見者が、死体の近くの草木が不自然に荒れていることに気が付いたことがきっかけで、死体を発見したと記されていたのだ。

「彼女はぬかるみのゲソで気が付いたらしいのですが、記憶がすっぽりと抜けていたそうです。だから、捜査員には漠然と荒されていたと答えたようです」

加山はプリントアウトした紙を岩城に渡した。橋下の記憶にあった靴跡のスケッチである。現場に残されていたのは右足だけだったらしく、十分ほど前にメールで送られてきた。現場を調べた鑑識によれば、雑草を踏みつけた跡はあったが、はっきりとした靴跡は残されていなかった。唯一残されていた靴跡は、職員が踏み荒らしてしまったらしいのだ。

「それにしても、リアルな絵だな。まさか美大出身じゃないよな」

岩城はスケッチを足下に置いて唸った。靴跡は鉛筆で描かれており、陰影もついて立体的に見えるのだ。

「農大の生物科学部出身だそうです。絵は趣味ですが、植物や昆虫を観察するには、写真を撮るよりスケッチした方がいいそうですよ」

朱莉が説明した。彼女は橋下と園内を移動中に様々な会話をし、さりげなく個人的なことも聞き出していた。

「本当に絵が上手ですよね」

加山はにやにやしている。

「にやけた顔をして、気持ちが悪いな。おまえは、このゲソをどう見る？」

岩城は加山の妙な笑顔を見て顔をしかめた。

「橋下さんの話では、サイズは二六から二八センチということです。男の体重は、一〇〇キロ以上ありそうですね」

加山は慌てて真顔になり、スケッチを手に取って答えた。

「普通はそう考えるよな。このゲソがもしちゃんと残っていたら、サイズやメーカーだけでなく、体重や身長まである程度推測出来ただろう。だが、殺しのプロが、自分のゲソを残すか？」

岩城は首を捻った。被害者である石井は身長一六一センチ、体重は五四キロと小柄だったらしい。

「雨が降っていたし、人気はなかったかもしれませんが、犯人はその場から慌てて逃走したのかもしれませんよ」

加山は腕組みをして答えた。

「その程度の犯人なら、もっと証拠を残したはずだ。とっくに捕まっているだろう」

岩城は首を軽く振って笑った。

「わざと残したんですか？　だとしたら、警察への挑戦ですね」

加山は苦々しい表情で言った。

「それもあるかもしれない。絶対に捕まらないという自信があるのだろう。それと、捜査の攪乱という可能性もある」

「といいますと？」

「素人の犯行と思わせるためだ。おまえは石井さんになって、そこに立ってくれ」

岩城はポケットからペンライトを出し、左手に握った。

「岩城さんは、ホシですね」

加山はペンライトを指差した。

「そういうことだ。自宅は自然教育園から徒歩で七分ほどの距離にある。石井さんは知り合いを騙《かた》った人物に呼び出されたのだろう。おそらく石井さんは、現場付近の散策路に立って傘をさして待っていたはずだ」

岩城は加山の正面に立った。二十人の捜査員が石井の仕事関係者や知人に聞き込みをしたが、今のところ有力な情報は得ていない。

「ちょっと、待って下さい」

加山は出入口近くにある傘立てからビニール傘を取って開くと、さきほどの場所に立った。突然の雨に備え、置き傘は二、三本用意してあるのだ。

「ホシは、適当に声を掛けてマルガイを振り向かせた。おそらくホシは、レインコートか雨が防げるパーカを着ていたのだろう」

岩城はそう言うと、左手を動かして加山をナイフで刺す真似をした。

「うっ！」

加山は右手の傘を離し、右脇腹を押さえて跪いた。

「普通ならマルガイは、散策路に倒れたはずだ。ホシの狙いは、時間をかけて殺すことだと思う。人目に付かない場所にマルガイを移動する必要がある。もし、ホシが怪力の持ち主だとしたらどうだろう。マルガイが倒れる直前に抱きかかえ、そのままロープを跨いで数メートル移動し、蘇鉄の根元にマルガイを捨てたとは考えられないか」

岩城は頭の中で犯人の動きを再現した。下腹部からは血が流れているが、噴き出すほどの勢いはない。そのため、散策路に血痕が発見されなかったのだろう。

「マルガイは抵抗する間もなく刺され、意識を失ったのでしょうね。しかも、ホシはマルガイを抱きかかえているので、ぬかるんでいる場所も見えなかったというわけですか。ホシの靴跡が深く残ったのは、マルガイの体重分もあったから。なるほど、……しかし、疑問が残りますね。やはりホシは、足跡をどうして残していったのかということです。残念ながら、橋下さんの記憶だけでは、証拠にはなりませんから」

立ち上がった加山は、腕組みをして天井を見上げた。

「足跡を残した意味は、ホシに聞かないと分からないだろう。だが、犯行をある程度証明することはできるはずだ。ヒントは、マルガイが持っていたはずの傘だ。彼もレインコートで傘を持っていなかったら証明は出来ないがな」

岩城は悪戯っぽく言うと、穂花と朱莉を見た。二人は岩城と加山の犯行の再現をじっと見つめていたのだ。

「ヒントは傘ですか?」

朱莉は眉間に皺を寄せ、自問するように呟いた。

「傘？　……そう傘ですね。分かった。被害者の傘を差して自然教育園から出てきた人物が犯人じゃないですか？」

穂花が手を叩いて言った。

「その通りだ。自然教育園の周辺にある防犯カメラを調べれば、映っている可能性はあるだろう」

岩城は穂花を指差して頷いた。

「すぐにSSBCに連絡します」

加山が勇んで言った。刑事部には捜査員のサポートをする〝SSBC（捜査支援分析センター）〟という部署がある。主な活動として、防犯カメラの画像分析や電子機器の解析をする〝分析捜査支援〟と犯罪を分析して犯人像をプロファイリングする〝情報捜査支援〟の二つである。

「待て、それをするのは、俺たちの仕事じゃない。九係は、捜査の方向性を正し、迷宮入りさせないチームなんだぞ。忘れたのか」

岩城は加山に首を振って注意した。

「それでは、三係に連絡をしますか？」

加山は不服そうに聞き返した。

「それじゃ面白くないから、所轄に連絡する」

岩城はポケットからスマートフォンを出した。

捜査の展開

1

十月三十日、午後八時二十分、〝こぶしの花〟。

岩城は一人で酒を飲んでいた。たまの息抜きである。

今日も九係は、二つの殺人事件の調査を続けている。二つの事件が全くの別物なのか、あるいは同一犯の仕業なのか証明されるまで事件に関わるつもりだ。

昨日、高輪警察署の上戸に自然教育園の職員である橋下が描いた靴跡の画像を渡し、犯人の手掛かりは傘だと教えてある。上戸は昨日のうちに橋下から再度事情を聞き出し、今朝の捜査会議で報告したそうだ。上戸には九係の協力があったことは他言無用と伝えてある。

新型コロナの流行で営業時間は午後八時まで、店先の赤提灯と暖簾はすでに片付けられていた。岩城は八時に帰ろうと思っていたのだが、女将の宮下から「九時まで飲んでいきな」と言われたのだ。他に客はいない。

居酒屋を趣味としているだけに、早く閉店すると夜が長くて手持ち無沙汰になるらしい。そのため、気に入った客には気の済むまで飲ませるそうだ。

店の引き戸が開き、中年の男が入ってきた。

「いらっしゃい」

女将がニコリと笑い、カウンターにコップを置いた。男は岩城の上司だった山岡である。

山岡は出入口近くの冷蔵庫からビール瓶を取って栓を抜くと、岩城の隣りに座った。彼も常連なので、この店のことはよく分かっている。

「土曜日なのに、出勤したのか？」

山岡は自分のコップにビールを注ぎながら尋ねた。

「資料が気になって自主出勤です。それより明日も試合なんでしょう？」

岩城はコップのビールを呷《あお》りながら答えた。

九係は、他の係と違って土日と祝日は確実に休める。土日の午前中は、少年野球の手伝いで時間を過ごすことが多いが午後は暇になるため、出勤することも多々あった。今週は土日で少年野球の地区大会があり、練習はないのだ。

岩城や加山は試合でベンチに入ることはないので、必然的に休みになるのだ。今日は大会の初日で、〝光が丘ペガサス〟が一勝目を上げていることは、山岡からSNSで連絡をもらっていた。彼とは日常会話を交わすことは滅多にないが、少年野球を通じてコミュニケーションはとれている。

「ちゃんと食べてるの？」

女将は山岡の前にほうれん草のおひたしとなめこおろし、それにポテトサラダの小鉢を出した。儲けはいつもながら度外視なのだ。

「大丈夫ですよ。料理は得意ですから。明日は強豪だが、勝てるだろう」

山岡はビールを一口飲むと、ほうれん草のおひたしを摘《つま》み、舌鼓を打っている。唯一、少年野球の話をする時の山岡は、楽しそうに見える。

「それは、よかった。近くに来たのなら顔を出してくださいよ」

岩城はビールを飲みながら言った。本当は暇なくせにと言いたいところである。

「本店に顔を出さなくても、色々聞いている。私がいなくても九係は成果を挙げているそうじゃないか。女将さん、刺身の盛り合わせできる？」

山岡は女将の顔色を窺いながら尋ねた。

「いいネタは、揃えてあるよ。二人前かい？」

女将が聞き返した。

「そうですね」

山岡は岩城をチラリと見た。

「私はもう食事をしましたから、お気遣いなく」

岩城は右手を振った。

「おまえの分じゃない。これからある人と、ここで会う約束をしているんだ」

山岡は言いにくそうに答えた。閉店後にまだ客が残っているとは、予想していなかったらしい。まして土曜日にも拘《かか》わらず岩城がいたので驚いているようだ。注文時に岩城を見たのは、早く帰って欲しいからだろう。

「えっ、そうなんですか。失礼しました。また、今度、ゆっくり飲みましょう」

岩城は腕時計を見る振りをして腰を上げた。急ぐわけではないが、店を出るタイミングを逸していたので丁度いいのだ。

「女将さん、ビール二本ね」

岩城は空になったビール瓶を出入口近くのビールケースに片付けながら言った。

「千五百円」

女将はカウンターの器とコップを片付けながら言った。ビール一本五百円と決まっている。おつまみは適当に頼んだが、五百円のはずはない。

「悪いけど二千円置いていくよ。ジャリ銭は持ちたくないんだ」

岩城はカウンターに二千円載せた。

「あいよ。またおいで」

女将はにこりとした。もらう金が多かろうが少なかろうが、関係ないのだろう。

「それじゃ、また」

岩城は山岡に会釈をして店を出た。相変わらず表情がなかった。山岡は一人息子を交通事故で亡くし、以来笑わなくなったそうだ。息子の死が原因なのかは知らないが、奥さんは留守がちな夫に愛想を尽かして離婚したとも聞く。不幸が続いて精神的に不安定になった山岡は鬱病を発症し、自ら精神科病院に入院していたこともある。

辞職前の山岡は落ち着きがなく、岩城らとの会話もなくなっていた。何度か、岩城から相談に乗るとは言っていたが、そういう機会もなく山岡は警視庁からいなくなったのだ。そうかといって、彼が冷たい人間だとは思っていない。事件に対しては人一倍情熱を燃やし、犯人と対峙する男なのだ。ただ、自己表現が下手で、他人とコミュニケーションを取るのが上手くない。

彼が休日に少年野球の監督をしているのは、野球を通じて子供と接することで精神のバランスを取っているからである。山岡は、元来子供が好きなのだ。あるいは、野球チームの子供たちを亡くなった息子に重ね合わせているのかもしれない。野球チームの保護者からは、子供たちを大切にしていると評判がいい。

岩城は桜田門駅に向かうべく、虎ノ門の交差点に出た。信号が変わって横断歩道を渡ろうとすると、意外な人物が反対側からやってくる。

「おっ、岩城。帰るのか？」

坂巻がすれ違い様に声を掛けてきた。

「はっ、はい。今日は、帰ります」

岩城は立ち止まって頭を下げた。

「お疲れ」

坂巻は右手を上げて通り過ぎた。

「お先に失礼します」

岩城は坂巻の後ろ姿に会釈すると、急ぎ足で横断歩道を渡り切った。振り返って坂巻の姿を目で追うと、数十メートル先の路地裏に消えた。山岡が会うと言っていた人物は坂巻なのかもしれない。個人的な相談でもあるのだろう。

ポケットのスマートフォンが呼び出し音を上げた。

「はい。岩城です」

歩きながら電話に出た。

——高輪署の上戸です。岩城さん、ホシが割れました。

上戸が興奮した様子で言った。容疑者を特定したらしい。

「本当か？」

岩城は立ち止まって尋ねた。

――マルガイの傘を差して自然教育園から出てきた人物を防犯カメラの映像で特定出来たのです。傘は特徴的でしたので、特定するのに時間は掛かりませんでした。キンパイが掛けられます。

「前があるんだな」

岩城は頷いた。犯人が特定されれば、指名手配をするのが通常の手順だ。だが、緊急手配というのなら、特定した上で危険だと判断したのだろう。だとすれば、前科者で凶悪犯に違いない。

――そうです。傷害で前科三犯の前澤《まえさわ》郁夫《いくお》です。今年の四月に出所していました。捕まるのも時間の問題ですよ。とりあえず、電話でお礼をと思いまして、ご協力本当にありがとうございました。それでは、失礼します。

上戸の電話は一方的に切れた。

「まあ、よかったかな」

岩城は肩を竦めると、スマートフォンをポケットに突っ込んだ。

2

十月三十一日、午前十一時五十分。新宿区新小川町。

岩城は自室のベランダに出て眼下を見下ろしていた。

以前はぼろアパートに住んでいたが二年半ほど前に交番勤務から一課に返り咲いたことをきっかけに心機一転し、賃貸マンションに住んでいる。たまたま、知り合いの不動産業者に物件を尋ねたところ、新築のマンションに空きが出たと聞いて決めたのだ。

飯田橋駅まで徒歩六分と駅に近く、家賃が十二万円と格安の物件である。建物は十三階建てで岩城の部屋は十階にあり、二十六平米の1Kでキッチンは狭いが独り者には丁度いい。一階にコンビニが入っているので、家で食事を作らない岩城にとってこれほどの好物件はないだろう。

不動産業者に言わせると、一階がコンビニというのは若者にはいいが、店に不特定多数の客が出入りするのを嫌う住人もいるらしい。それに、マンションの前は目白通りで首都高速5号池袋《いけぶくろ》線の高速道路の高架も通っている。窓を開けると夜間だろうと車の騒音がするのだ。それに排気ガスの問題もある。そのため、立地条件の割に賃料が安いらしい。

部屋は単なるねぐらと決めている岩城にとって、大した問題ではない。それに、岩城のように高速道路を走っている車を漫然と眺めているのが好きだという変わり者もたまにはいるだろう。交番勤務時代はこんな時、朝から酒を飲んで気を紛らわせたものだ。今は自宅に酒は置いていない。

妻を癌で亡くしてから十年以上経ち、一人暮らしも板についてきた。一昨年、殺人の捜査で中国に行った際、現地の公安部出入境管理局の女性捜査官である范亦菲《ファンイーフェイ》と一瞬だけ付き合ったことがある。浮いた話はそれぐらいだ。

「暇だなあ」

岩城は呟くと、ベランダから部屋に入ってベッドに横になった。手を伸ばして床に落ちている野球雑誌を拾った。趣味らしきものは、野球観戦ぐらいである。

枕元に置いてあるスマートフォンが、呼び出し音を上げた。画面に「高輪署　上戸」と表示されている。

「もしもし」

岩城は横になったまま通話ボタンを押した。

――お休み中、失礼します。

上戸は遠慮がちに言った。電話の向こうで頭を下げている様子が見えるようだ。

「大丈夫。どうした？」

岩城は落ち着いた声で尋ねた。

――ホシの前澤郁夫が発見されました。

「えっ、早かったな！」

岩城は飛び起きてベッドに座った。

――それが、自宅で覚醒剤の過剰摂取で死んでいました。

「何！　本当か？　詳細を教えてくれ」

岩城は声を上げた。

――前澤の交友関係を洗って、ヤサが池袋にあることを突き止めました。そこで、池袋署の協力を得て、任意同行で引っ張るつもりだったんです。

被害者の傘を使っていたという防犯カメラの映像だけでは殺人の証拠にもならない。当然令状を取ることは出来ないのだ。まずは、別件で警察署に連れ込んで、アリバイを聞き出す。その裏を取りながらじっくりと尋問をして自白に持ち込むのが常套手段である。

「ヤサに踏み込んだんだな」

――家賃を滞納していたので大家から鍵を借りて踏み込みました。前回、大家が取り立てに行ったところ、暴言を浴びせられて警察に相談していたので、それを理由にしました。

大家からの依頼ということにしたらしいが、前澤が生きていれば裁判で弁護人からクレームをつけられるだろう。

「いつ発見したんだ？」

――一時間前です。鑑識が作業中です。ホトケも間もなく搬出されるでしょう。

鑑識が入れば、捜査員は現場から追い出される場合がある。上戸は手が空いたので、連絡してきたのだろう。

「一段落したら、現場を見られるかな？」

岩城はさりげなく尋ねた。一段落というのは鑑識作業も終わり、現場から捜査員もいなくなったらということだ。夕方、あるいは日が暮れる頃には一連の作業は終わるはずだ。

――そうですね。午後に捜査会議が入りますので、その後だったら、こっそりと。

上戸は声を潜めた。

「午後七時でどうだろう？」

岩城も声のトーンを落とした。

――了解です。住所を送ります。

「よろしく頼む」

通話が終わると、ショートメッセージで現場の住所が送られてきた。池袋駅から徒歩で行ける場所だ。

「それにしても、あっけなかったな」

岩城はベッドに横になり、目を閉じた。昨日、ホシが見つかったという連絡を受けてからどうも気が抜けたような感じなのだ。九係になってからたまにある感覚で、捜査の中心になることはなく、最後まで立ち会えないため喪失感を覚えるからだろう。

「むっ」

岩城は両眼を見開くと、慌てて腕時計で時間を確認した。部屋が薄暗いのだ。いつの間にか眠っていたらしい。時刻は、午後六時を過ぎている。

「いけない」

急いで着替えると、岩城は部屋を飛び出した。

3

池袋駅西口を出た岩城は雨降る中、都道４４１号の歩道を早足で歩いていた。

腕時計を見ると午後六時五十四分になっている。岩城は路地に入って、ジョギング程度のスピードで走り始めた。

表通りは飲食店や様々な小売店で騒々しい。だが、路地に一歩入れば戸建て住宅や小さなマンションも並ぶ住宅街になる。

岩城は、電柱の看板に記されている住所を確認しながら路地裏を二百メートルほど進んだところで、交差点を右に曲がった。十数メートル先の電柱の前にビニール傘を差した上戸が煙草を吸いながら立っている。

「遅くなった」

岩城は上戸の前まで駆け寄って頭を下げた。

「非番なのに大変ですね」

上戸は左手に握っていたガマ口の携帯灰皿に火の点いた煙草を入れて蓋を閉じた。

「非番もないあなたに言われては、面目ない」

刑事部の刑事の忙しさを知っているだけに、岩城は苦笑するほかない。

「お互い様です。こちらへ」

上戸はすぐ近くの軽量鉄骨らしい三階建てのアパートの敷地に入った。一階と二階は三室、三階は二部屋で、鉄骨の外階段というこぢんまりとしたアパートである。三階の一室が広く、ベランダに鉢植えが並べてあるので大家が住んでいるのだろう。

「二階だな」

岩城はアパートを見上げて言った。アパートの玄関が東向きで、一番北側のドアの前に制服警察官が立っている。

警察官は上戸に気付くと、敬礼した。

「二〇三号室です。森高管理官が、現場を明日の朝まで警備付きで保存するように命じられました」

上戸は外階段を上りながら言った。現場を保存といっても住人の出入りがあるアパートなどは、規制線のテープで現場となった部屋のドアを封じる程度だ。だが、警備の警察官付きとなれば、少し神経質な感じがする。

岩城は頷くと、黙って上戸に従って二階の廊下まで上がった。

「ご苦労さん」

上戸は警察官に軽く右手を上げると、ポケットから白手袋を出した。岩城も持参した白手袋を出して嵌《は》めた。

警察官がドアの前から退き、白手袋をした手でドアを開けてくれた。

「ありがとう」

上戸に続いて岩城も二〇三号室に入ると、ポケットからビニールの足カバーを出して広げた。

「そこまで気を遣う必要はありませんよ。鑑識作業は終わりましたから」

上戸は靴を脱ぐと、靴下のまま部屋に上がった。

「いや、ここでは部外者だから」

岩城は首を振ると、靴を脱いで足カバーを履いて上がる。

流しと電気コンロがある一畳ほどの板の間のキッチンが、出入口の脇にあった。奥の八畳間の右手にソファーベッドがあり、反対側の壁際にテレビが置かれている。他に家具類はない。家賃も滞納していたらしいので、かなり金に困っていたのだろう。

「床にゴミが散乱し、服が脱ぎ捨ててありましたが、すべて鑑識が回収しました。それから出入口のドアの横に水玉のビニール傘が置かれていました。マルガイとホシの指紋が採取されています。それから前澤は左利きでした」

上戸は振り返ってドア横を指差した。傘立てがあるのだ。

「捜査会議では、前澤がホシで決まりと見ているのか？」

岩城は自分のスマートフォンで部屋の内部の写真を撮りながら尋ねた。

「検察の判断もありますが、被疑者死亡のまま書類送検することは間違いないでしょう。捜査本部は二つの事件でのホシの裏を取れば、解散です」

上戸は淡々と答えた。被疑者死亡でも事件は解決したことになるが、これほど後味が悪いものもない。

「ホトケを片付ける前の室内の写真はあるか？」

岩城は鑑識が綺麗にした部屋を見回して尋ねた。

「そう言うと思いました」

上戸は、自分のスマートフォンに画像を表示させて渡してきた。上戸の説明通り、部屋の中は散らかり放題である。生活が荒れていたというだけでなく、精神的にも病んでいたのだろう。

「前澤は、ホンボシだろうか？　凶器も見つかってないよな」

岩城は腕を組んで首を捻った。

「もちろん、凶器が見つかれば、言うことはありませんが、ホシが死んでしまった以上、見つけることは難しいでしょうね」

上戸は岩城を上目遣いに見て言った。現場を見せたのは、岩城に捜査の踏ん切りをつけさせるための彼なりのサービスだったのだろう。

「ホシはナイフで何度も刺し、マルガイをゆっくりと殺すという残酷で容赦ない性格だと思う。そういう意味では前澤は当てはまっているかもしれない。また、シャブ代欲しさのタタキ（強盗）というのも納得出来る」

岩城は一つ一つ頭の中で検証しながら口にした。覚醒剤を買う金欲しさの犯罪は、日本では珍しいかもしれないが、海外では普通の出来事である。

「捜査会議でも矛盾点はないというのが、上層部の意見でした。それを裏付けることが捜査の締めくくりだと発破をかけられています」

上戸は大きく頷いた。

「この画像を後でもらえるか？　ところで、彼は知能犯だと思うか？」

岩城は上戸のスマートフォンを返しながら尋ねた。

「学がなく、短気で暴力的ということは聞き込みで分かっています。何か疑問でも？」

上戸は岩城の質問の意図が分からないのか、首を捻った。

岩城は、自然教育園に被害者を呼び寄せたことや官庁街で他人の目に触れずに犯行を成し遂げたことなどから秩序型の犯人だと思っている。つまり、感情に任せて無秩序に犯行に及ぶような人物ではない。前澤の人物像とは合致しないのだ。

「いや、なんでもない。新たな情報が入ったら教えてくれ。今日はありがとう。助かったよ」

岩城は頭を下げると、足カバーを脱いで靴を履いた。

4

十一月五日、午後四時五十分。デジタル保管室。

岩城と加山は、いつものように資料読みをしていた。

穂花と朱莉は、捜査資料のデジタル化などパソコンで作業をしている。

一週間前は目黒の自然教育園と文部科学省前の二件の殺人事件の繋がりを見つけるべく、四人で必死に資料を読み漁っていた。そういう意味では緊迫感があったのだが、今はない。二つの事件が被疑者死亡のままで書類送検され、捜査本部が解散となったからだ。

とはいえ、以前のように緩んだ空気がないのは、穂花と朱莉に特命九係の一員として認められたいという気持ちがあるからだろう。捜査資料のデジタル化の作業の合間に、別の殺人事件の資料を読み漁っているらしい。

「そうだ」

岩城は席を離れると、入口近くに立てかけてある二つのパーテーションの前に立った。穂花らが部屋の模様替えをしてからそのままになっている。総務課に連絡して、倉庫に持っていくことになっていた。

「パーテーションを片付けるのなら、お手伝いしますよ」

穂花が振り返って声を掛けてきた。

「以前は、右側の壁に捜査資料を貼り付けて事件を考察したが、今は出来なくなっている。このパーテーションが利用できないかと思っているんだ」

岩城は右側の壁を指さした。

「それで、壁にコルクボードが貼り付けてあるんですね」

穂花は苦笑した。コルクボードの壁の前に穂花と朱莉の机が設置してある。しかも、朱莉が持参した子犬のカレンダーが貼り付けてあった。特命九係の部屋が、デジタル保管室にスペースを明け渡した時点で、機能不全になっていたのだ。

「我々のデスクにあるパーテーションを五十センチ前にずらしてもう一枚増やしてはどうかな。左側の壁から三枚パーテーションを並べたら、裏側に捜査資料を貼り付けるスペースができる。それで、私と加山のデスクを後ろの壁に付ければ、パーテーションの後ろが通路になるだろう」

岩城は打ち合わせテーブルの上で、簡単に見取図を描いた。

「それ、いいですよ」

加山が手書きの見取図を覗き込んで手を叩いた。

「今から、模様替えをしよう」

岩城はそう言うと、率先してパーテーションを移動させた。

「無理しないでくださいよ」

加山が岩城からパーテーションを奪うように取り上げて運んだ。

「年寄り扱いするな。まったく」

岩城が舌打ちをすると、穂花と朱莉が笑いながらデスク前の二枚のパーテーションを二人で移動させた。

「思ったより、いいじゃないですか」

加山が腕組みをして唸った。

「偉そうに」

岩城は鼻先で笑うと、自分のデスクの引き出しから書類を取り出した。

「まさか……と思いますが」

加山は両手を左右に振った。

「そのまさかだ」

岩城はパーテーションの裏側に、目黒の自然教育園と文部科学省前の強盗殺人事件の資料を貼り出した。この部屋は他部署の捜査員が出入りするために、他人の目に触れないようにする必要があるのだ。

「被疑者死亡じゃないんですか？　捜査も終了していますよね」

加山は首を横に振った。

「私はそうは思っていない。本ボシはどこかに身を隠しているはずだ。それには、この二人の背後関係の洗い直しが必要だと思う」

岩城は捜査資料を貼りながら答えた。

「文部科学省前はともかく、自然教育園のマルガイの背後は何十人もの捜査員が二ヶ月も調べて何も出てこなかったじゃないですか」

加山が頭を掻いている。

「どうして何も出てこなかったんだと思う？」

岩城は資料を貼り終えると、加山の肩を叩いた。

「どうしてって？」

加山は首を捻った。

「マルガイをマルガイと、捜査陣は見ているからじゃないのか？」

岩城はジロリと加山を見た。

「それって、殺されたからマルガイなんじゃないですか？」

加山はまた頭を掻いた。当たり前だと言いたいのだろう。理解不能になった時のこの男の癖である。

「捜査員たちは、単純にマルガイとして捜査した。だから、それ以上の成果を得られなかったんじゃないのか？　分からないか。前澤がホシとされたことで、事件は単純な強盗殺人ということになってしまった」

岩城は右手を振った。

「それじゃ、このヤマは、もっと複雑ということですか？」

加山は眉を吊り上げている。

「二人のマルガイに、殺される理由があったとしたらどうなんだ？」

岩城は貼り出した資料を見ながら自問するように言った。前澤のような粗暴な人間の犯行ということになり、岩城は二人の被害者が逆に怪しいという思いが強くなったのだ。

「殺される理由？」

加山も睨みつけるように資料を見た。

「捜査員はマルガイの〝地取り〟、〝鑑取り〟はもちろんしただろう。だが、マルガイの銀行預金は調べたか？　あるいは隠し口座まで調べたか？」

岩城は加山に尋ねた。もちろん、そこまで捜査されなかったことは知っている。〝地取り〟は目撃情報などの聞き込み、〝鑑取り〟は被害者の交友（人間）関係の情報収集をすることである。

「まさか、マルガイはホシじゃありませんから」

加山は岩城の迫力に思わず後ろに下がった。

「そうだろうな。問題は銀行口座を調べるとなると、裁判所命令が必要になることだ。怪しいというだけじゃ、裁判官は動かないからな」

岩城は右手で額を押さえた。

「あのう、私たちが得られない捜査資料を徹底的に調べてみてはどうでしょうか？　そうすれば前澤が犯人でないと証明できるかもしれませんよ」

朱莉が遠慮がちに言った。いつの間にか穂花と朱莉もパーテーションの資料を見るために奥のスペースに入っていた。

「一課の二つの係と二つの所轄の大勢の捜査員が調べ上げたことを、覆せということになるよ」

加山は振り返って朱莉らを見た。

「そうだ。それだ。捜査を振り出しに戻すんだ。それこそ特命九係の仕事じゃないか」

岩城はポンと手を叩いた。

「でも、一体全体、どうするんですか？」

加山は肩を竦めた。

「麹町署と高輪署から捜査資料をすべて提出させ、徹底的に我々で調べるんだ。九係にはその権限があるからな」

岩城は答えた。特命九係は警察の中の警察という性格もあり、事件を担当した所轄に捜査資料の提示を要求できる。

「えらいことになりますよ」

加山は渋い表情になった。

「今さらなんだ。それが特命九係だろう」

岩城は笑って答えた。

5

十一月八日、午前十時二十分。

デジタル保管室に、段ボール箱が次々と運び込まれていた。

岩城を筆頭に加山と穂花と朱莉の総出で働いている。打ち合わせテーブルを片付け、部屋の中央に三十数センチ角の段ボール箱を十三箱積み上げている。

先週の金曜日、岩城は麴町警察署と高輪警察署に、月曜日の午前中に前澤が犯人とされる事件の捜査資料を届けるように要請していたのだ。

「あと何箱ありますか？」

廊下で段ボール箱を受け取った加山は、台車で荷物を運び込んだ高輪警察署の制服警察官に尋ねた。麴町警察署からはすでに八箱届けられている。

「あと車に四箱あります。それで終わりです」

警察官は素っ気なく答えた。

「一緒に駐車場に行きませんか。私が台車で運べば、戻る手間は省けますよ」

加山は額に浮いた汗をハンカチで拭いながら笑顔で言った。荷物を運び込んだ警察官にとって捜査資料の運搬は余計な仕事である。そのため、労っているのだ。特命九係はとかく敵を作ることが多いので、苦労が絶えない。

「あっ、ありがとうございます」

警察官は目を丸くして返事をした。本庁の刑事である加山があまりにも腰が低いので驚いているようだ。

「それじゃ、行きましょう」

加山は空になった台車を押した。


「思ったより、沢山ありますね」

穂花は一番上の段ボール箱を持ち上げ、自分のデスクに置いた。

「とりあえず、一人一箱ですね」

朱莉も段ボール箱を自分のデスクの上に載せた。

「そうだな」

岩城は段ボール箱を持ち上げた。それほど重くはない。箱の数が多いのは、資料が分類されているからだ。箱には「麴町警察署・文部科学省前強盗殺人事件・〝鑑取り記録・その一〟」と記載されている。

「何に注意して捜査資料を調べればいいですか？」

穂花が尋ねた。

「もちろん二人の共通点だ。だが、捜査陣はそれを見つけられなかったらしい。個人的な共通点を広く取るんだ。取引銀行、趣味、旅行先、なんでもいいからピックアップした後で比較して絞り込めばいい」

岩城は段ボール箱を開けながら答えた。

「それなら、エクセルに被害者別に気になる単語を打ち込んでいくというのはどうでしょうか？　岩城さんと加山さんは高輪署、私と穂花は麹町署の資料からピックアップするのです。その際、クラウドでファイルを共有すれば、無駄がありませんし、時間の短縮にもなります。データがまとまっていれば、検索機能で抜き出すことが出来ます」

朱莉が答えた。穂花もＩＴに強いが、朱莉の方が知識はある。

「クラウド？　聞いたことがあるな」

岩城は首を捻った。

「簡単に言えば、インターネットを通じたサービスを必要な分だけ利用できることを意味します。今回の場合、ネット上のサーバーやストレージを共有するのですが、外部の民間企業のサービスなら設定などの面倒はありません」

朱莉は淀みなく言った。

「セキュリティはどうだろうか？　たとえ大丈夫だとしても、捜査情報を民間企業のシステムに蓄えるというのは道義的に抵抗があるな。許可が得られるとも思えない」

岩城は首を傾げた。

「セキュリティは問題ありませんが、警視庁のサーバーに九係のエリアを作り、庁内のネットワークを通じて共有すれば大丈夫です。総務課の許可は要りますが、設定はすぐに出来ますよ」

朱莉は小さく頷きながら答えた。彼女にとっては難しいことではないようだ。

「それなら、是非進めてくれ。設定が終わったら、手順を教えてほしい。それまでは、アナログで私は進めるよ」

苦笑した岩城は、段ボール箱から書類を出して机の上に載せた。

部屋のドアが乱暴に開いた。

「……！」

振り返った岩城は、右眉を吊り上げた。

「おい、岩城。顔をかせ」

眉間に皺を寄せた森高が、ドスの利いた声で命じた。外に出ろということだが、まるでヤクザである。

「君たちは作業を進めてくれ」

岩城は平然とした顔で怯えている穂花らに言うと、部屋を出た。

「おまえ、俺の担当した事件だからってぶち壊す気か！」

森高がマスクを顎に掛けると、いきなり怒鳴りつけた。二人以外に誰もいないとはいえ、場所を変える気さえないらしい。

「なにか誤解されていませんか？　私は森高管理官の扱われる事件だからと言って、特別視しているつもりはありません。それとも、私があなたに遺恨でもあると言われるのですか？」

岩城はマスクをしたまま淡々と尋ねた。森高が感情的になったので、かえって落ち着いている。

警視庁刑事部の捜査第一課には、課長の下に二人の理事官がおり、その下に十三人の管理官がいる。通常管理官は、三、四の係を統括するのだが、特命九係は課長である坂巻直属のため、理事官とは関わらない。それは、命令系統による圧力を排除するためだ。だが、もし、九係がミスを犯せば、坂巻に直接累が及ぶことになる。

「ああそうだ。おまえは、交番勤務になったことで私をまだ逆恨みしているのだろう。違うか？」

森高は岩城に顔が接するほど近付いてきた。

「あの件では誰も恨んでいませんよ」

岩城は鼻先で笑った。

「貴様、私を舐めているのか？　私がどうしておまえが降格処分相当だと上層部に言ったと思っているんだ。おまえの態度だ。おまえの態度が問題なんだよ」

森高は右人差し指で岩城の胸を何度も突いた。

「どんな態度でしょうか？」

岩城は森高の目を見つめたまま尋ねた。

「おまえは犯人と揉み合って銃を暴発させた。そのことを尋ねた際、おまえは私に『無我夢中で』と答えたな。ちゃんとした警官ならそこは事態を掌握した上で、『犯人自ら自分に向けて発砲する形になった』と答えるんだ。素人じゃあるまいし、何が『無我夢中で』だ。冷静じゃなかった証拠だ。刑事の資格なんておまえにはないんだよ」

森高は口沫を飛ばした。

「私は正直に言ったまでです。森高管理官は、銃を持った犯人と格闘したことがありますか？」

岩城は静かに尋ねた。

「なんだと！」

森高が岩城の胸ぐらを摑んだ。捜査第一課の十三人の管理官の中で、たった一人だけキャリアが選ばれる。森高はその唯一の存在なのだ。キャリアは昇進が早いため、現場経験は浅い。それを馬鹿にされたと思ったのだろう。

「私は警察官としての経験の中で、犯人と対峙したことは何度もあります。ただし、銃を持った相手と格闘したのは、あの時が初めてです。正直言って動揺しました。無我夢中で対応する他ありませんでした」

岩城は正直に言った。嘘を言ってまで自分の立場を守ろうとは思っていないのだ。

「だから、おまえは甘いんだよ！」

森高は岩城を両手で突き飛ばした。

「私は、刑事である前に人間ですから」

岩城は顔色も変えずに言った。腹を立てて、理不尽な森高と同じ土俵に上がるつもりはないのだ。

「仲が良さそうだな」

ふいに声を掛けられた。

「なっ！」

振り返った森高が悲鳴に似た声を上げた。背後に立っていたのは、坂巻なのだ。

「課長。どうされたんですか？」

岩城は頭を軽く下げた。

「デジタル保管室に用事があってね」

坂巻は森高をチラリと見て、部屋に入っていった。

「まだ、何かありますか？」

岩城はジャケットの乱れを直しながら尋ねた。

「ただで済むと思うなよ」

森高は首を横に振った。

「ないようでしたら、失礼します」

岩城は森高に頭を下げて部屋に戻った。

「森高に絞られたようだな」

坂巻が紙コップを手にして笑った。

「ちょっとした誤解ですよ」

岩城は笑ってみせた。穂花が岩城を見てほっとした表情をしている。朱莉は目に涙を浮かべていた。廊下とはいえ出入口近くだったので、森高の怒声がよく聞こえたのだろう。

「実は、加山が大変だと連絡してきてね。岩城なら対処できると思っていたが、コーヒーブレイクをここでしようとやってきたのだ」

坂巻は笑いながらコーヒーを啜った。加山が機転を利かしたようだが、坂巻に連絡するとは大胆である。

「お気遣い、恐縮です」

岩城は頭を掻いた。

「それで、成果は出そうか？」

坂巻は意味ありげに尋ねた。麹町署と高輪署に捜査資料の提供を要請する前に、坂巻の許可を得ている。他部署や所轄の捜査に介入する際は、事前に報告することになっていた。許可を得る際は何も言われなかったが、気になっていたようだ。

「まだ、始めてもいませんが、本ボシは必ずいると思っています」

頷いた岩城は、右拳を握りしめた。

「岩城の見立ては外れたことがないからな。進展があったら教えてくれ」

坂巻はコーヒーを飲み干して紙コップをゴミ箱に捨てると、岩城の肩を優しく摑んで出て行った。

「課長がわざわざいらして下さるなんて、感動です」

穂花が朱莉と顔を見合わせて言った。

「だろう。私の電話一つで、課長は飛んできたからね」

加山が咳払いをした。

「加山さんじゃなくて、あんな偉い人がという意味ですけど」

穂花が右手を振って屈託なく笑った。

「課長を煩《わずら》わせるんじゃない。仕事だ、仕事」

岩城は加山らに言うと、自分の席に座った。

6

十一月九日、午前十時。デジタル保管室。

昨日、麴町警察署と高輪警察署から取り寄せた捜査資料を読みこなす作業を四人で手分けして続けていた。

「十時か。休憩にしないか」

岩城は目頭を指で摘んで言った。資料に目を通すだけでなく、穂花が作成したエクセルのシートにキーワードを入力していくのだ。だが、岩城のようなアナログ人間にとって、結構疲れる作業になってしまった。

「賛成です。目がしょぼしょぼして仕方がありませんよ」

席を立った加山は、奥のエリアから出て行った。

岩城も立ち上がり、首を回しながらパーテーションに貼り付けてある捜査資料を見た。時系列に沿って左から自然教育園の事件、その右隣りに文部科学省前の事件の資料を貼り付け、二つの事件の下に捜査本部で犯人とされた前澤の資料が並べてある。

前澤が自然教育園の事件に関係していることは、雨傘の指紋と防犯カメラの映像が示している。捜査本部では被害者である石井が雨天にも拘わらず、自然教育園に散歩に出かけて殺害されたと判断していた。岩城は何者かが石井を呼び出したと推測していたが、それを裏付ける証拠は挙がっていない。

石井が差していた水玉のビニール傘は、妻の石井瑠璃《るり》のものであった。彼女は、石井が出掛けたことも知らなかったらしい。ただ、石井の黒い雨傘が自宅に残されていたので、わざわざ水玉の傘を使用した理由が分からないと証言していた。また、石井が出かける直前に非通知の電話が自宅の固定電話にあったという記録は残っている。だが、前澤のスマートフォンには通話記録は残されていないので、非通知の電話は事件と無関係と捜査本部では判断したのだ。

「岩城さん、コーヒーを淹れましたよ」

パーテーションの出入口から加山が顔を覗かせた。

「ありがとう」

岩城はパーテーションを抜け、加山からコーヒの入った紙コップを受け取った。

穂花と朱莉がまだ自席で仕事をしている。

「君らもコーヒーを飲まないか？」

岩城は二人に呼びかけた。別に休憩を強制するつもりはないが、彼女たちは根を詰める傾向があるのだ。

「はい。頂きます」

穂花は両腕を上に伸ばして答えた。

「ちょっと待ってくださいね。クラウド上のデータを高度検索しますので」

朱莉は、パソコンのマウスをクリックした。岩城らがアップロードしたデータは、クラウド上で統合されるのだ。

「私の入力はまだ七割程度だが、大丈夫かな?」

岩城は朱莉の背後からパソコンの画面を覗きこんだ。文部科学省前強盗殺人事件の〝鑑取り〟は、気合が入っていたらしく、かなり個人的な情報まで調べ上げられていた。岩城のキーボード操作が悪いだけではないのだ。

「検索結果をプリントアウトします」

朱莉は人差し指でキーボードをタッチする。

プリンターの傍に立っている穂花が、吐き出された用紙を取って岩城に渡した。相変わらず連携がいい。

「旅行、寿司、銀行?」

岩城は苦笑した。三つの単語が左に、その単語が含まれたキーワードが右側に表示されている。

「寿司というのは、二人とも全国チェーンの北海満腹寿司によく行ってたみたいですね」

朱莉が二人の被害者の情報を読み上げた。

「北海満腹寿司なら、私もよく行きますよ。ネタが新鮮で低価格ですから」

加山が岩城の手にしたプリントを見て言った。

「マルガイの後藤は、世田谷《せたがや》区に住んでいる。よく行く北海満腹寿司は、調布《ちょうふ》店だ」

岩城は自分の資料で確認した。

「石井さんは目黒店です。このキーワードは、ハズレですね。銀行口座は？」

穂花が自分の資料を見て言った。

「二人とも複数の銀行口座を持っており、そのうちの一つが第四勧業銀行のものです。ただし、支店は違いますね」

朱莉が首を傾げながら答えた。

「第四勧業銀行は、大手ですから二人が口座を持っていてもおかしくはない。現段階で残るのは、旅行か。誰でも暇と金さえあれば、行くだろうな」

岩城はコーヒを飲みながら笑った。昨日から頑張った結果が空振りになったら、また読み返すまでだ。特命九係の捜査は、根気である。

「私の資料では、今年の八月前半に、後藤は家族に出張と言って北海道に行っています」

加山は自分の席に戻って言った。

「石井さんも北海道に八月下旬に行っていますね。旅行の件は、家族は知らなかったようです。でも期間は、重複していません」

朱莉が資料を見て首を振った。

「夏の北海道旅行は、人気です。別に不思議じゃありませんよ」

加山は腕組みをした。

「二人の旅行先の行動まで分かればいいが、さすがにそこまでは聞き込みをしていないようだ」

岩城は加山の資料を見つめ、渋い表情になった。

「北海道まで行って確かめますか？」

加山の言葉に穂花と朱莉が手を叩いている。

「馬鹿者、まずは都内で聞き込みだろう」

岩城は苦笑して言った。

北海道

1

十一月九日、午後一時二十分。

岩城は私服に着替えた穂花を伴い、地下鉄南北線の白金台駅から地上に出た。

庁舎を出る時は雨が降っていたが、今はそれが嘘のように晴れ渡っている。

二つの強盗殺人事件の被害者の捜査資料を調べ、二人とも北海道に旅行に行っていたという共通点を見出した。今のところ事件に関係しているかどうかも分かっていないが、一縷《いちる》の望みを抱いて聞き込みをすることになったのだ。

前回の自然教育園への聞き込みは、加山と朱莉のコンビであった。そのため、今回は岩城と穂花という組み合わせである。

「うわー、気持ちいいですね」

空を見上げた穂花は嬉しそうに言った。桜田門駅から有楽町線と南北線を乗り継いできた。彼女は終始無言で表情を強張らせていたのだが、空を見て気持ちを和らげたようだ。岩城と二人で行動するのは初めてなので、緊張していたのだろう。

「いい天気になってよかった。雨風雪に限らないが、刑事は天候に泣かされるものだ」

岩城も笑顔になった。長年足を使う捜査が身についているため、特命九係の事務仕事のようなデスクワークは苦痛なのだ。

二人は目黒通りを自然教育園と反対方向に歩き、一つ目の路地を右に曲がって細い坂道を進んだ。小綺麗なマンションや門構えの家もある閑静な住宅街である。

「さすが白金台。お金持ちが住んでいそうな家が多いですね」

穂花は周囲を見回しながら言った。

「見てくれはいいが、幸せとは限らないぞ」

「えっ？」

穂花がキョトンとしている。

「すまない。嫌味でもなんでもないんだ」

岩城は苦笑した。

「この辺りで何か嫌な思いをしたことがあるんですか？」

穂花は真面目な顔で尋ねてきた。

「十年以上前の話だが、田園調布《でんえんちょうふ》で殺人事件があってね。聞き込みするにも苦労した経験がある。訪ねた先が芸能人や政治家だったりすると、後でクレームがきたりしてね。それに聞き込みで変な噂話も耳にする。有名人の醜聞だが、聞くだけで胸焼けしそうな呆れた話ばかりだ。あの時、つくづく庶民でよかったなって思ったよ」

岩城はしみじみと言った。家の器は立派でも、住んでいる人間の器がいいとは限らない。田園調布に限らず高級住宅街では、何度も嫌な思いをしている。

「すごく分かる気がします。私は高校入学直後に父親に死なれ、母には金銭的に苦労を掛けました。貧乏な私と仲良くしてくれた同級生は、私と同じように生活に困っている家庭の子でした。反対に裕福な家庭の子からよくいじめを受けました。朱莉もそうです。彼女も子供の頃にお父さんを亡くしています。バイト先で彼女と仲良くなったのです」

いつもは明るい穂花の声のトーンが低くなった。

「そうだったんだ。二人は違う高校出身だったから、てっきり交番勤務で知り合ったんだと思っていたよ」

岩城は小さく頷いた。彼女たちは警察学校で一、二を争うほど優秀だったそうだ。そのため、二人を実務でも競わせてみようとする実験的な試みで同じ交番勤務になったと、坂巻から聞いている。もちろん、本人らはそれを知らされていない。

「同じ勤務地で働きたいと思っていたので、高校時代からの友人だということは採用試験でもお互い黙っていました。警察学校でも二人で頑張って本採用になったのに、あんな騒動を起こしてしまって……」

穂花の声はさらにか細くなった。

「警察は階級社会だ。たまにいるんだよ、後輩いじめが趣味のような理不尽なやからが」

岩城は苦々しい表情で言った。脳裏に森高の顔が浮かんだ。穂花と朱莉は、家庭環境の問題を克服すべく必死に勉強し、勤務に励んだ。一方でセクハラをした木川は、裕福な家庭で育っている。木川は、優秀な彼女たちを妬ましく思ったのかもしれない。

「岩城警部には言わなければいけないことがあります。木川巡査に暴行を」

「何も聞かない。過去のことはどうでもいいんだ。間違いから何を学び、どうやって克服するかが分かっていればいい。我々は警察官だ。大事なのは、犯罪者が安心して眠れない世の中にすることだろう」

岩城は穂花の言葉を遮って言い聞かせた。穂花と朱莉の二人は、木川に暴行を働いたのは自分だと言い張って譲らなかった。そのため、二人とも処分されたのだ。おそらく、穂花はその時の真実を言おうとしているのだろう。

「はっ、はい」

穂花は返事をすると口を閉じた。二人は百メートルほど歩き、右手にある戸建ての家の前で立ち止まった。

「この家のようだな」

岩城は門柱に貼られてある住居表示を確認すると、その下にあるインターホンのボタンを押した。

――はい。

暗い声である。

「一時間ほど前にお電話しました岩城と申します」

岩城は警察とは名乗らない。近所の目を気にする住人は多い。それに警察だと言えば、それだけで高圧的だと勘違いされることもあるからだ。

――どうぞ。お入りください。

「ありがとうございます」

岩城はインターホンの前で一礼した。最近のインターホンはビデオ付きが標準になっているので、見られていることを意識している。岩城は門扉を開けて入り、穂花とともに玄関前に立った。ドア横に石井という表札がある。

「どうぞ」

ドアが開き、蒼白い顔の女性が現れた。亡くなった石井の妻瑠璃のようだ。

「風間穂花です。本日は、よろしくお願いします」

岩城が玄関に入ると、穂花は丁寧に頭を下げてにこりと笑った。

瑠璃は廊下を進み、庭の見えるリビングに二人を通した。十四畳ほどでダイニングキッチンは別にある。

岩城と穂花は、瑠璃にソファーを勧められて座った。

「犯人の前澤が死んだので、捜査は終了したと伺いました」

瑠璃はテーブルにティーカップを三つ並べ、ポットから紅茶を入れた。あらかじめ用意していたらしい。

「お電話でも申し上げましたが、私たち特命捜査対策室九係は、捜査が手順通り進められたか調べることが仕事です。前澤は、通り魔的に二人を殺害したことになっています。九係では、被害者であるご主人と犯人との接点がなかったか調べることになりました」

岩城は穏やかな口調で説明した。本当は被害者である石井に殺される理由があったか聞きたいのだが、まともに答えてもらえるとは思えない。

「はあ？」

瑠璃は小首を傾げた。被害者だけでなく犯人が死んでしまった以上、捜査は無意味だと思っているのだろう。

「前澤が通り魔でない事が分かれば、他にも被害者がいる可能性もあるのです」

穂花が補足した。

「他にも被害者？」

目を丸くした瑠璃は、繰り返した。

「そこで、過去一年まで遡り、二人の被害者の行動を調べようと思っています。出来ましたら、ご主人が使われていたパソコンやスマートフォンを調べさせて頂けませんか？」

岩城は両膝に手を突いて深々と頭を下げた。裁判所命令なしで捜査協力を請うのは、意外に難しいのだ。拒否されたらそれでお仕舞いである。

殺害時に所持していたスマートフォンは、警察に証拠品として保管されていたが、高輪警察署に問い合わせたところ、一ヶ月前に遺族に返却したと言われている。

「パソコンは、私は使わないので一ヶ月前に処分しました。スマートフォンは契約を解除しましたが、まだあると思います。どうぞ、紅茶をお召し上がりください」

瑠璃はリビングから出て行った。

「奥様の収入は、どうなっているんでしょうね？」

穂花は庭を見ながら呟くように言った。五、六坪の庭だが、楓《かえで》やシマトネリコなど、癒しの緑がある。白金台の一等地に庭付きの一戸建てというだけで、穂花にとって夢のような生活に見えるのだろう。

「さて、どうなんだろう。息子さんは社会人で、奥様は専業主婦だったはずだ」

岩城も庭を眺めながら答えた。

「ありました」

瑠璃が戻ってくると、スマートフォンをテーブルの上に載せた。

「電源が入りませんね。お借りしてもよろしいでしょうか？　必ずお返しに上がります」

スマートフォンを手にした岩城は、電源ボタンを押して首を振った。起動しないのだ。

「差し上げます。私は来週には、この家から出て行きますので」

瑠璃はソファーに座り、ティーカップを手にした。

「お引っ越しされるのですか？」

岩城は怪訝《けげん》な表情で尋ねた。

「主人は借金まみれだったんです。『今度こそ、一発当ててやる』が口癖でした。殺されることが分かっていたら、保険を掛けておくべきでしたわ。この家は借金の抵当で取られ、私は息子の世話になるんです」

瑠璃は岩城を睨みつけた。間抜けな質問に腹を立てたようだ。

「すっ、すみません。ご事情を知らなかったので。申し訳ございませんが、ご主人のことで何か思い出されたことがございましたら、ご連絡ください」

岩城は瑠璃に名刺を渡した。

「いいんです。離婚に踏み切れなかった私が悪いんです。息子は川崎《かわさき》に住んでいます。後であなたのアドレス宛に、連絡先を送ります」

瑠璃は岩城の名刺を見ながら言った。

「それでは、我々はこれで失礼します。ご馳走様でした」

岩城と穂花は腰を上げた。

「どうして、もっと聞き込みをしなかったんですか?」

家を出ると、穂花が不満げに尋ねてきた。

「今日は顔合わせのつもりだった。だが、マルガイのスマートフォンを手に入れられた。それだけで幸運だ。被害者への捜査協力というのは、慎重にしないといけない。官憲だからといって、偉いわけじゃないからね」

岩城はふっと息を吐くように笑った。

2

午後三時十分。デジタル保管室。

朱莉は、自分のパソコン上で特殊なアプリケーションを立ち上げた。

「ほう」

彼女の背後に立っている岩城は、なんだか分からないが唸った。パソコンでインターネットやメールも使う。それに基本機能だけだが、ワードやエクセルなども使いこなすことはできる。だが、朱莉の立ち上げたアプリケーションの画面は、見たこともないものだ。

「これは、アンドロイド・スマートフォン用の解析ソフトです。鑑識課では三年前から使っています。交番勤務の時にこのアプリケーションの講義が本庁であったので、参加しました」

朱莉は振り返ると、岩城に向かって右手を伸ばした。

「充電はしておいた。それにしても、交番勤務でよく講義に出させてもらえたな」

苦笑した岩城は、石井のスマートフォンを渡した。

「講義は三日でしたが、休日を利用したので二週間掛かってしまいました」

朱莉はさらりと言ってUSBケーブルで石井のスマートフォンと自分のパソコンを接続した。交番勤務は四日間で一サイクルである。一日目は日勤、二日目は夜勤、三日目の夜勤明けに勤務を引き継いで終了する。四日目が本当の休日なのだ。

「それじゃ、二週間休みなしで働いたのか」

岩城は思わず、隣席の穂花を見た。彼女は休日返上で剣道に励んで三年で二段まで昇段している。二人の頑張りには目を見張るものがあった。

「刑事になったら休みなしって聞いていますよ。解析終わりました。電話番号、メール、スケジュールはエクセルで吐き出します。映像と写真も入っていたので抜き出しました」

朱莉が振り返って言った。

「もう、出来たのか」

岩城は驚いてプリンターを見た。はやくもプリントアウトされている。

「データはクラウドにアップしました」

朱莉は元気よく返事をした。

「ただいま戻りました」

出入口のドアが開き、加山が戻ってきた。彼は二人目の被害者である後藤の遺族を訪ねていたのだ。

「おかえり、どうだった？」

岩城はプリンターから出力した用紙を手にすると、加山に尋ねた。

「スマートフォンを手に入れました」

加山は、ジャケットのポケットから得意げにスマートフォンを出して見せた。

「いいね。マルガイの後藤家の財政状況は、どうだった？」

岩城はプリントアウトした資料を見ながら尋ねた。岩城と穂花が訪ねた石井家は、困窮していたからだ。

「山手通り沿いの高層マンションの十階に、ご家族は住んでいます。ローンの返済は、ご主人の死亡で免除されました。妻の里美《さとみ》さんの分が残っていますが、彼女も公務員でその収入だけで充分返せるみたいです。亡くなった後藤さんですが、ご家族に聞きましたが、おとなしく目立たない存在で他人に恨みを買うような人物ではなかったようです」

加山はスマートフォンを岩城に渡しながら説明した。

「捜査資料にあった通りか」

岩城は受け取ったスマートフォンをすぐに朱莉のデスクに置いた。彼女はさきほどの手順で後藤のスマートフォンをパソコンに繋いだ。

被害者の二人は生活に困っており、真犯人とは金銭的トラブルがあったのではないかと岩城は思っていたのだ。

「そうなんです。ただ、里美さんの話では、亡くなる一週間前から何かに怯えているような雰囲気があったみたいですよ」

加山は腕を組んで言った。この男は気立てが優しいので、他人から話を聞き出すのがうまい。それに見てくれは優男なので、相手も気を許すのだろう。

「そんな話は、捜査資料には載っていなかったぞ」

岩城は右眉を吊り上げた。

「改めて私がお聞きしたら、思い出された感じです。だからと言って何に怯えていたかは分からないそうです。もっとも、ご主人は小心者だったらしく、事件とは関係ないだろうと奥様から言われました」

加山は首を傾げた。

「マルガイの一人は金に困っていた。もう一人は金銭問題はなかったか。切り口が違う。だが、どこかで繋がっているはずだ」

岩城は頭を掻いた。

「後藤さんのスマホの解析が終わりました」

朱莉が言うと、穂花がプリントアウトされた用紙を岩城に渡した。

「ありがとう」

岩城は用紙を受け取ると、自席に戻った。二つの資料の中からスケジュールの項目を抜き出して並べてみる。

「北海道旅行は、後藤が八月八日から十日、石井は八月二十六日から二十八日、二人とも羽田《はねだ》空港と新千歳《しんちとせ》空港を使っている。それだけか」

二人のスケジュールには日程と発着の空港があるだけで、それ以上詳しい内容は記載されていない。

「スケジュールからは、詳細は摑めそうにありませんね」

加山は岩城の背中越しに言った。

「おかしいなあ。電池の消耗を抑えていたのかもしれませんが、二人とも旅行期間の移動中はスマホの電源を切っていますね。電源が入れっぱなしなら、ＧＰＳで行動が摑めたはずなんですが」

朱莉は浮かない顔で呟いた。

「それじゃ、二人とも北海道に行ったと嘘のスケジュールを残したかもしれないな」

岩城はプリントアウトされた紙を見て首を捻った。

「ただ、二人ともアルバムに、北海道らしき画像が残っています。日付と照らし合わせると、旅行中の写真でしょう。それに画像に位置情報が残っています」

朱莉はパソコンのモニターを見ながら答えた。

「日付は分かるが、位置情報って？」

岩城は首を傾げた。

「スマートフォンのカメラには位置情報を記録する機能が備わっています。設定をオフにしないと、画像に残っている情報で位置が特定できるんです」

朱莉は穂花と顔を見合わせて、くすりと笑った。どうやら、彼女たちの中では常識らしい。

「なるほど、それじゃ、私のパソコンでも見られるようにしてくれ」

岩城は自席のパソコンを立ち上げた。

「位置情報を抜き出して画像番号に住所を記載したリストも、クラウドにアップします」

朱莉がさっそくパソコンのキーボードをリズム良く叩き始めた。

「頼りになるね。ありがとう」

岩城はクラウドにアクセスした。

3

翌日の十一月十日、午後二時。

岩城と加山は、着替えを入れた小さなバッグを手に新千歳空港の到着ロビーに出た。

昨日、二人の被害者である後藤と石井の両名が所持していたスマートフォンから北海道に行った際の画像データを抜き出した。後藤は三十五枚、石井は四十二枚と二人とも観光気分で写真を撮ってきたらしい。その中で十二枚の写真の位置情報が一致したため、現地で調査することになったのだ。穂花と朱莉は留守番である。

二人は空港ビルを出てレンタカー会社のマイクロバスに乗り込んだ。空港ロビーには数社のレンタカー会社の受付はあるが、空港敷地内にレンタカーの用意がある店舗はない。新千歳空港の東に位置する広大な敷地にトヨタレンタカー、ニッポンレンタカー、オリックスレンタカーなどが集結しているのだ。

三十分後、岩城らはレンタカーのアクアに乗り込み、道央自動車道を走っていた。

「先にレンタカー会社を調べなくてよかったんですか？」

運転している加山が尋ねた。

「道警に挨拶もなしで動けないだろう」

岩城は小さく首を振った。二つの事件の被害者は、北海道で移動手段として車を使ったのか、列車を使ったのかは分かっていない。だが、岩城はレンタカーで移動したと推測している。

「やっぱり、挨拶はいりますか？」

「そりゃ、いるだろう。本店でも我々は嫌われ者だぞ。道警に嫌われたら身動きが取れなくなるからな」

岩城は道路脇の雑木林を見つめながら答えた。道央自動車道に乗ってから途切れなく同じ風景が続くが、時折北海道らしい白樺林が見える。

「広大な風景を見ていると、つくづく遠くに来たという感じがしますね」

加山は呑気に言った。

「まったくだ」

特命九係は基本的には都内の事件に対処しているが、捜査上で必要とあらば日本全国どころか海外にでも出向く。たまに県警に挨拶を入れずに捜査をすることもあるが、それは何かあったとしても後で報告すれば済むような場合だけだ。

四十分後、二人が乗ったアクアは、札幌《さっぽろ》市の中心部にある北一条・宮《みや》の沢《さわ》通沿いの北海道警察本部の駐車場に入った。

「やっぱり北海道は、寒いですね」

加山は身震いした。東京は二十度あったが、札幌は十度と低い。ジャケットも着ていない薄着の通行人も見受けられるが、岩城らは冬用のスーツを着込んできて正解だったようだ。どうせならコートも持ってくるべきだった。

書類ケースを手にした岩城と加山は道警の庁舎に入り、捜査一課に挨拶をしたいと取り継いで貰った。特に事前にアポイントは取っていないのだ。

「一課の真鍋《まなべ》です。岩城警部ですか？」

ロビーで待っていると、白髪交じりの男が声を掛けてきた。日に焼けており、一目で刑事だと分かる動きやすそうなスーツを着ている。

「はい。岩城です」

岩城は男に向かって軽く頭を下げると、真鍋に名刺を渡した。

「同じく捜査一課特命九係の加山達雄です」

加山も深々と頭を下げ、両手で名刺を出した。外面がいいというわけではないが、加山のくそがつくほど紳士的な態度は初対面の人間に受けがいい。

「どこか気の利いた喫茶店にでもご案内出来ればいいのですが、近所に店がないので会議室にご案内します」

真鍋は硬い表情で言うと、自分の名刺を岩城らと交換した。真鍋拓実《たくみ》、道警捜査第一課、係長と名刺に記載されている。たまたま内勤だったので岩城らに対処しているのだろう。

「道警庁舎も官庁街にありますからね。我々も同じ悩みでいつも困っています」

岩城は笑みを浮かべた。

真鍋はエレベーターには乗らずに階段を上がって、二階の小会議室に岩城と加山を案内した。十畳ほどで四人掛けのテーブルが一つだけ置かれている。会議室となっているが、簡単な尋問や民間人からの聞き取りに使う窓もない小部屋だ。

「自販機ですが、コーヒーをお持ちします」

真鍋は岩城らに右手を伸ばして椅子を勧めた。

「お構いなく、すぐにお暇《いとま》しますので。本当に突然お伺いしてすみません。我々は、殺人事件のマルガイの裏を取るためにやってきました」

岩城は勧められた椅子に腰を下ろして答えた。

「マルガイの？」

真鍋は首を傾げると、岩城の前に座った。

「特命九係は、他の係と違ってお宮入りを防ぐ部署です。二件の連続強盗殺人事件が、被疑者死亡のまま書類送検され、捜査が終了しました。そのため、我々はマルガイの背景について調べています。時期は違いますが、二人のマルガイは北海道に旅行していました。そこで、何か関係がないか調べるつもりです」

岩城は書類ケースから、書類を出して見せた。二つの事件の概要をまとめた資料と、被害者のスマートフォンにあった画像をプリントアウトしたものだ。

「被疑者死亡は最悪のパターンですからな。捜査終了が、適切かどうか確認しなければ気が済みませんよね」

真鍋は小さく頷きながら資料を熱心に見ている。

「何か、気になる点でもありますか？」

岩城はさりげなく尋ねた。

「確かに写真は、道内のようですね。内地の方にとってどうか分かりませんが、写真を見る限りあまりにも北海道らしい場所ばかりという気がします」

真鍋は腕組みをすると、小首を傾げた。

「すみません。どういう意味でしょうか？」

岩城は思わず聞き返した。

「札幌の時計台、大通公園《おおどおりこうえん》、北海道神宮、モエレ沼公園、二条市場《にじょういちば》、それから網走《あばしり》は博物館網走監獄、オホーツク流氷館、といった具合でどれも有名な観光スポットばかりです。まるでガイドブック通りの観光をしているという感じですね。札幌から網走までの移動はどうしたのか知りませんが、その途中の観光はしなかったんですかね。それに男の一人旅なら夜の街があっても良さそうですが」

真鍋は左右に首を捻った。

「我々もそれが不思議だったんです。網走まで車なら三百キロ以上離れているので、どこかで休憩したかもしれません。電車だとしても途中の観光を一切しなかったというのは疑問に思っていました」

岩城は自問するように言った。

「道民の私から見れば、写真がある意味、アリバイ作りのように見えるんですよ。観光客ならもっと自然にシャッターを切ると思いませんか？　それから行きも帰りも新千歳空港を使用しているのなら、レンタカーを借りたのでしょう。私なら乗り捨てのレンタカーを借りて、帰りは網走の女満別《めまんべつ》空港を使って帰りますよ」

真鍋は岩城の言葉に頷いた。被写体がありきたりで、わざとらしいと言いたいようだ。

それをアリバイ作りと捉えるのは早計な気がするが、岩城も可能性はあると思っている。

「やはり、そう思われますか」

岩城は真鍋の洞察力に感心した。

「もしよろしければ、お手伝いしますよ」

真鍋はにやりとして表情を和らげた。警視庁から来た岩城らの目的が分からず、警戒していたのかもしれない。

「ありがとうございます。レンタカーの可能性が高いと思いますが、二人の移動手段が分かればと思っています」

岩城は心の中で拳を握りしめていた。加山と二人では人手不足なのは分かっていたからだ。

二つの事件の捜査本部は、被害者の遺族や仕事関係者からの聞き取りもしている。だが、北海道旅行の件は、どこからも情報を得ていない。捜査令状を取って、被害者のカード会社から情報を得れば、それだけでもかなりの情報が得られるはずだ。だが、現段階ではそこまで立ち入れないのだ。

「今、手が空いている部下に聞き込みをさせましょう」

頷いた真鍋は椅子から立ち上がった。

「ありがとうございます。よろしくお願いします」

岩城と加山は丁寧に頭を下げた。

4

午後三時十分。

岩城と加山は、札幌市役所の駐車場に停められた道警の覆面パトカーから降りた。

「時計台は札幌を代表する観光スポットですが、正直言ってパッとしません。ツアー観光客ならともかく一人旅でわざわざ来るというのは、どうですかね」

助手席から降りた真鍋は、駐車場を移動しながら呟くように言った。

日本最古の時計台で重要文化財である札幌市時計台の正式名称は、〝旧札幌農学校演武場〟である。一八七八年に建設され、一九〇六年に現在の位置に移設された。館内の展示室が観光客に人気がある。

「そんなことはないでしょう」

岩城は苦笑を浮かべ、加山と顔を見合わせた。二人が借りたレンタカーは、道警本部の駐車場に置いてきた。真鍋は市内の案内を買って出たのだ。

「マルガイの写真は、どちらも北一条・雁来《かりき》通側から撮影されています。建物の近景を撮っていないようですね」

真鍋は岩城から渡された書類を見ながら言った。

「二人のマルガイは、他にも沢山写真を撮っていますが、その中で十二枚の写真の位置情報が合っています。何か意味があると思ったのですが、有名な場所ばかりだとすれば、偶然の一致という可能性もありますね」

岩城は周囲を見回しながら長い息を吐き出した。隣りで加山は書類の写真と目の前の風景を見比べている。

「時計台の中に入りますか？」

真鍋が尋ねてきた。

「いや、大通公園に行きましょう。北海道は広いですから」

岩城は軽く首を横に振った。経費のこともあるが、できれば一泊二日ですませたいと思っている。

「車はこのままここに停めて、歩いて行きましょう」

真鍋は眩しそうに空を見上げ、交差点を南に向かって歩き出した。

西三丁目通を百メートルほど歩き、交差点を渡って大通公園に入った。

「以前、名古屋に行ったことがありますが、百メートル道路にテレビ塔の風景は、デジャブのようです」

加山は東の方角を見て喜んでいる。

「テレビ塔と呼ぶのは、名古屋も一緒だが、札幌は百メートル道路とは呼ばんぞ。風景は似ているがな」

岩城は苦笑した。日本で百メートル道路と呼ばれる大通りは、名古屋の久屋《ひさや》大通と若宮《みや》大通、それに広島の平和《へいわ》大通りの三本だけで札幌はただ「大通り」と呼ばれる。

「二人のマルガイは、ここから撮影したんですね。二人に面識はないということですが、事前に打ち合わせをしていたのでしょうか？」

真鍋は交差点から三十メートルほどのところで足を止めた。

「可能性はありますね。ただ、時計台の時もそうでしたが、ここも遠景とはいえ、その場に来たという証拠にはなります。あまり観光に時間を掛けたくなかったんじゃないかというのが、共通している気がしますね」

腕を組んだ岩城は、テレビ塔を見上げて言った。

「そうすると、ほかの場所に行っても意味はないということになりますね」

真鍋は岩城を見て言った。

「少なくとも札幌は、偽装だった可能性があると思います」

岩城は加山が持っている書類をチラリと見て答えた。

インターネットの地図アプリでストリートビュー機能を使えば、被害者の写真の撮影場所はある程度特定出来た。だが、自分の目で確かめたかったのだ。あらためて現地を訪れてみると、二人の被害者は観光をしている振りをしているように思える。だが、札幌がそうだからといって網走も偽装だとは現段階では判断がつかない。

「それでは、一旦本部に戻りましょうか？　私も実際にこの目で見て分かったような気がします」

真鍋は手元の書類を畳んでジャケットの上着に仕舞った。彼も改めて自分の目で確かめたかったらしい。

「すみません。勝手言います」

岩城は頭を掻いた。

「構いませんよ」

真鍋は、スマートフォンで電話を掛けた。市役所の駐車場に残してきた覆面パトカーの警察官に連絡をしているようだ。

ほどなくして覆面パトカーが大通公園の歩道に立っていた岩城らを拾った。

数分後、覆面パトカーは道警本部に到着した。札幌市時計台も大通公園も道警本部から一キロもない。真鍋も自分の庭のような場所だけに案内する気になったのだろう。

岩城と加山は後部座席から降りた。

「……分かった。すぐ向かう」

真鍋はスマートフォンで通話をしながら助手席のドアを開けた。

「二人のマルガイが使ったレンタカー会社が分かりました」

岩城らを見て真鍋は言った。彼は自分の四人の部下に命じて市内のレンタカー会社を調べていたのだ。本来なら岩城と加山がやるべき仕事である。

「二人とも同じレンタカー会社でしたか？」

「いえ、違う会社でした。どうされますか？」

岩城の疑問に真鍋は、質問で返した。車から降りる様子はないので、これから向かうということだろう。

「それでは、お言葉に甘えて石井が使った会社から案内してもらえますか？」

岩城は加山とともに再び車に乗り込んだ。

「後で後藤が使った会社にも行きますか？」

加山が囁くように言った。道警に甘えてばかりではまずいと思っているのだろう。

「良心は痛むがな」

岩城も小声で答えた。札幌市内での捜査協力を期待はしていたが、至れり尽くせりとなるとかえってやり難《にく》いものだ。だが、図々しいと思われても、背に腹はかえられない。

「助かりましたね」

加山は頷くと、シートに深くもたれた。

「とりあえずレンタカー会社が分かったことが、まずは第一歩だよ」

岩城は自分の言葉に大きく頷いた。

5

午後四時二十分。

岩城らを乗せた覆面パトカーは、新千歳空港の東に位置するレンタカー会社〝エネックスレンタカー新千歳空港店〟に到着した。

敷地内には三十台ほどの車が停めてある。他のレンタカー会社は、敷地も広く駐車してある車も倍近くあった。〝エネックスレンタカー〟は中堅で、大手レンタカー会社からあぶれた客で商売していると揶揄されることもあるそうだ。

岩城と加山は〝エネックスレンタカー〟のオフィスに入った。平日ということもあり、客はほとんどいない。カウンター前に二人の目付きの鋭い男が立っていた。真鍋の部下である。

「ご苦労さん」

前を歩く真鍋が、男たちに右手を軽く上げた。

「店長の桐野《きりの》さんからご協力いただけるそうです」

部下の一人が岩城と加山に軽く会釈し、真鍋に報告した。

「仲田《なかた》、こちらの岩城警部に詳しく話してくれないか」

真鍋は部下に岩城を簡単に紹介した。同業者だけに気を遣う必要はない。

「了解です。マルガイが車を借りた時と、社員はほとんど変わっていないそうです。協力をお願いしたところ、その時の帳簿を端末の画面上ならお見せできると、店長から了解を得ています。本社からの許可も得ているそうです」

仲田は岩城の前に立ち、説明した。プリントアウトした書類を警察に渡すことには抵抗があるようだ。

「すみません。書類を見せてもらえますか？」

岩城は仲田に軽く頭を下げた。

「こちらに」

仲田はカウンター脇から事務エリアに入った。

「石井様がご利用になった際の書類は、こちらです」

店長の桐野が、カウンターのデスクトップＰＣを操作した。画面に石井文也のサインがある書類が表示された。

「借りた日付は八月二十六日、返却日は八月二十八日。間違いありませんね。協力していただいているのに恐縮ですが、なんとかプリントアウトしてもらえませんか？　殺人事件の捜査なんですよ」

岩城は笑みを浮かべながら尋ねた。

「すみません。本社からは画面をお見せするだけなら構わないと言われているので、出来ないんですよ」

店長は頭を掻いている。

「了解です。それじゃ、パソコンには触りませんので、一分ほど我々だけにさせてもらえませんか？　三十秒でも構いませんよ」

岩城は加山に目配せすると、店長の気を引くように話しかけた。

加山はポケットからスマートフォンを出すと、モニターの画面を無音で撮影した。スマートフォンの標準のカメラアプリではなく、シャッター音を消すことができる別のアプリを使ったのだ。仕事上、盗撮することもあるため、岩城も同じアプリを入れている。

「勘弁してください」

店長は大袈裟に首と右手を左右に振った。

「そうですか。それじゃ、もう一つお願いがあります。石井さんがレンタルされた車のカーナビの記録を見せてもらえませんか？」

岩城は上目遣いで尋ねた。カーナビの走行記録を解析すれば、車を借りた石井の足取りは摑めるだろう。解析結果は裁判で正式に証拠として提出できる。

「車はありますが、カーナビの記録は、お客様ごとに消去しますので残っていませんよ」

店長は肩を竦めた。

「そうだった」

岩城は舌打ちをした。以前、殺人犯の足取りを摑むためにカーナビを調べたことがあるが、それは自家用車だったのだ。

「後藤が使ったレンタカー会社に問い合わせましたが、使用された車は廃車になっています。ここが正念場ですよ」

肩を落とした岩城に真鍋が強く言った。

「正念場と言われても……」

岩城は苦笑した。令状がない以上、車を強制的に調べることもできない。

「同じ車を明日までレンタル出来ますか？」

真鍋がカウンターの前に立ち尋ねた。岩城の態度に苛立ちを覚えたようだ。

「ちょっと、お待ちください。今、調べますから」

店長はデスクトップPCのキーボードを叩き始めた。

「経費はこちらでお支払いしますが、カーナビの記録は消去したと聞いたじゃないですか」

岩城が真鍋の耳元で咎《とが》めるように言った。

「カーナビの記録は、ハードディスクに保存されます。画面上では再現できなくとも、ハードディスクにはきっと残っていますよ。以前、窃盗事件でレンタカーのカーナビを調べたことがあるんです」

真鍋は小声で答えた。

「なるほどハードディスクを物理的に消去しない限り、データは残っているはずですね。しかし、それにはハードディスクを取り出さないといけませんよ」

「蛇《じゃ》の道は蛇《へび》ですよ」

真鍋は笑って答えた。

「ちょうど空いていますね。書類をプリントアウトしますので、お待ちください」

岩城らの会話も知らずに店長は刷り出した契約書をプリンターから取り出し、カウンターの上に載せた。

「ありがとう」

岩城はカウンターの外に出て契約書にサインをした。

店長直々に車を用意し、車の事前点検をすると岩城に確認のサインを求めた。

岩城が運転席に、加山が助手席に乗り込むと、真鍋が後部座席に乗り込んできた。

「私の知人のところに行きましょう」

真鍋は先にオフィスを出て外で待っていたのだ。

「了解」

岩城は車を発進させた。

6

レンタカーのハンドルを握る岩城はエネックスレンタカーを出て五十分後、道央自動車道から札樽《さっそん》自動車道を経て一般道に出た。

「百メートル先の緑の看板のところを左折してください」

後部座席の真鍋が指示をしてきた。

「了解」

岩城は緑色に白字で〝長谷川《はせがわ》自動車工業〟と記された看板の建物横で左折し、車を停めた。敷地内には車が沢山並んでおり、フロントガラスに値札が付いた車もある。自動車修理と中古車販売の会社らしい。

「道警が契約している自動車修理工場の一つです。ここの社長の長谷川さんが昔からの知り合いでしてね。色々と無理が利くんですよ」

真鍋はにやりとし、車を降りて出入口脇の二階建ての建物に入って行った。

「我々も降りますか？」

加山がドアを開けながら尋ねた。

「これからすることは、どう考えても違法捜査だ。任せておいた方がいい」

岩城は真鍋がすることが違法捜査だと予測できるが、拒否するつもりはない。

五分ほどして真鍋とツナギの作業服を着た背の高い男が、ガラスドアから出てきた。

作業服の男は、棟続きの建物のシャッターを上げて中に入って行った。修理工場になっているらしい。

「車を中に入れてください。長谷川さんが作業をしてくれます」

真鍋が右手を大きく振った。さきほどの背の高い男が、長谷川らしい。社長自ら作業するということは、従業員にもタッチさせたくないからだろう。

岩城は車を建物の中に入れ、長谷川の指示に従って車を停めた。

「キーを預かります」

長谷川が気難しい表情で言った。渋々引き受けたのだろう。

「よろしくおねがいします」

岩城は車を降りて長谷川にキーを渡し、修理工場から出た。

「立ち会わなくていいんですか？」

追いかけてきた加山が、尋ねてきた。

「俺たちが見ていたら、長谷川さんの邪魔になるだろう」

岩城は真鍋を探しながら答えた。長谷川はレンタカーのカーナビを外し、さらにハードディスクを取り出すはずだ。元通りにすれば分からないが、作業自体は器物損壊に当たる。

「真鍋さんは、どこに行った?」

ディスクを取りはずしてからどうするのか聞いていない。

「あそこにいらっしゃいますよ」

加山が表通りを指差した。真鍋は歩道で煙草を吸いながら、スマートフォンで電話を掛けていたのだ。北海道大学の脇から北西に向かって石狩湾《いしかりわん》に流れる琴似川《ことにかわ》沿いの道路で、交通量は少ない。土手の緑がまっすぐに続く一本道である。

「たった今、鑑識課のIT担当の高松《たかまつ》と連絡が取れたところです。二、三十分でこちらにこられるそうですよ。我々は近くでお茶でも飲みましょう」

真鍋はスマートフォンをポケットに仕舞うと、歩き出した。

「我々の捜査を任せっきりというのは、いささか無責任のような気がしますが」

岩城は加山と顔を見合わせ、小さく溜息を吐いた。鑑識課まで駆り出されては、大事にならないか心配なのだ。

「岩城警部はレンタカーの調子が悪いので、長谷川自動車工業に車を持ち込まれた。鑑識課の高松は自分の車の点検をするためにたまたま同じ工場に行った。それだけの話ですよ」

真鍋は煙草を吸いながら答えた。

八十メートルほど歩くと、駐車場の奥に四角い三階建ての建物があった。ビルの壁に〝CAFE〟と文字だけの看板がある。左端に縦長の窓があり、全体的に無機質な感じが洒落ている。真鍋の雰囲気からすれば昔ながらの喫茶店と思っていただけに意外だ。

正面のドアから入ると、中は吹き抜けの開放的な空間になっていた。いたるところに観葉植物が置かれ、板張りの床に壁の一部は煉瓦となかなか凝っている。

「作業はこれから一時間ほどで終わると思います。それまでここで時間を潰しましょう。小腹が空いているのなら、北海道産の小倉トーストがお勧めですよ」

真鍋は奥の窓際のテーブル席を勧め、岩城の前に座った。

ウェイトレスが注文を取りに来たので、三人ともブラックコーヒーを頼んだ。

「マルガイの裏を取るのにこんなに至れり尽くせりで恐縮です。失礼ですが、どうしてここまでしてくださるのですか？」

岩城は疑問に思っていたのだ。

「二人のマルガイがアリバイづくりに北海道旅行をしたのは確かでしょう。アリバイを作る理由を知りたいのです。強盗殺人事件の凶悪性から見て、プロの仕業じゃないかと思うのですが、警部のお考えは？」

真鍋に逆に質問を返されてしまった。

「ホシは、シャブで身を滅ぼす粗雑な男ではないでしょう。冷徹で殺人を罪の意識もなくやってのけるプロが、本ボシだと思います。マルガイは本ボシ、あるいはそれを雇ったやつから殺される理由があったのだと推測しています。また、アリバイを作るだけなら東京近郊でも出来たでしょう。北海道に来た理由が、何かあるはずです」

岩城は改めて自分の考えを披露した。

「警部の犯人象は確かだと思いますが、バックについてはどう思われますか？」

真鍋は質問を続けた。

「少数の犯行ではないことは確かでしょう。大きな組織が罪を犯すために二人のマルガイを雇い、口封じをした。犯行は関係者にとって見せしめ的な要素もあったと思われます」

岩城は淀みなく答えた。大きな組織が関わっているのなら、自然死に見せて殺すこともできたはずだ。それをあえて残酷な手法で殺したのは、裏切り者を許さないという意志を感じる。

「私もそう思います。巨大な犯罪組織を相手にするのなら、失礼ながら特命九係だけでは手に余るのではないですか？　少なくとも我々のシマで起きたのなら、道警は全力で対処しますよ。ただし、闘いを始めるには確かな証拠がいります」

真鍋は意味ありげに笑ってみせた。

「なるほど、恐れ入ります」

岩城も笑みを返した。

四十分後、カフェにアロハシャツを着た小太りの男がやってきた。男は岩城らの脇を通り過ぎる際、USBメモリをテーブルの上に載せて隣りのテーブル席に座った。真鍋から聞いていた鑑識課の高松かもしれないが、風体からは警察官には見えない。

「それじゃ、我々は戻りましょうか」

真鍋は伝票とUSBメモリを岩城に渡すと、火の点いていない煙草を口に咥《くわ》えた。室内での喫煙を遠慮していたらしい。

「小倉トーストとカフェオレ」

先ほどの男が、こちらを気にすることもなく注文している。どう見ても近所の住民にしか見えない。時刻は午後六時三十分になっているが、夕食ではないだろう。

岩城はレジで支払いしながら小首を傾げた。

「あれでも鑑識課の警部で、ITに関しては道警で一番優秀なんですよ。沖縄じゃあるまいし、私服がいつもアロハシャツという変わり者ですが」

駐車場で待っていた真鍋は、笑いながら煙草に火を点けた。

「やはりあの方が高松警部でしたか。挨拶しなくて失礼しました」

岩城は振り向いてカフェを見ながら頭を掻いた。

「今は他人ということでお願いします。確かな証拠が見つかり、立件した際にいくらでも挨拶してください」

真鍋は煙草の煙を吐き出しながら言った。

「そうします」

岩城は右手のUSBメモリを見つめた。

網走の捜査

1

十一月十日、午後六時四十分。デジタル保管室。

「お腹すいたな。もうこんな時間か」

朱莉はパソコンの画面で時間を確認し、大きく息を吐き出した。

出張中の岩城からは定時で帰るように言われていたが、言葉通りに帰宅する気にはなれなかったのだ。そこで穂花と朱莉は、時間外に麴町警察署と高輪警察署の捜査資料を調べるという地味な作業を続けていた。

「ただいま」

ドアが開き、レジ袋を手にした穂花が戻ってきた。

「お帰り。ご苦労様」

朱莉は椅子にもたれ掛かり、穂花に手を振った。

穂花はサンドイッチやおにぎりなどをレジ袋から出して、打ち合わせテーブルの上に並べた。

「やった」

朱莉はテーブルの席に移動すると、梅干しと昆布と鮭のおにぎり、それに緑茶のペットボトルを取った。彼女は和食派である。

穂花は、ハム・レタスサンドとクリームパンとカフェオレを取った。洋食というより、パン好きなのだ。

「それにしても、北海道出張はいいわね」

穂花はパソコンに背を向ける形で朱莉の向かいに座り、サンドイッチを頬張りながら言った。朱莉がいつも自分のパソコンのモニターが見える位置に座るためである。

「何を言っているの。遊びじゃないんだから」

朱莉は右手を振って左手のおにぎりを口にした。

「何時まで頑張る？」

穂花は一つ目のサンドイッチを早くも平らげ、カフェオレを飲みながら尋ねた。自主的な残業だけに帰宅時間は自分で決めればいいのだ。

「晩御飯を食べたら、あとは寝るだけだから、何時でもいいわよ」

朱莉はおにぎりを美味しそうに食べている。穂花も朱莉も実家が貧乏だったため、一日に二食どころか一食という経験すらあった。食事ができるだけでありがたいと思っているのだ。

「それじゃ、九時にしない？　もう少しで捜査資料の読み直しも終わるから」

穂花は二つ目のサンドイッチを手にした。

「うん？　メールが入ったわ」

パソコンの画面を見ていた朱莉は自席に戻り、メールを開いた。

「誰から？」

穂花は振り返って尋ねた。

「室長からよ。『詳しくは、明日の朝電話で説明する』って。添付データがあるわ。私たちが定時で帰ったと思っているのね」

朱莉はエクセル形式の添付データを開いた。

データはエクセルの表組みになっており、秒まで記された日時、ポイント番号、緯度、経度が記されている。

「何？　これ？」

穂花は朱莉の背後から覗き込んで首を捻った。

「地図データがないけど、これは、カーナビの走行データね。鑑識課の資料で見たことがあるわ」

朱莉は数字の羅列のような表を見て小さく頷いている。

「これを解析しろってこと？」

穂花はサンドイッチを食べながら尋ねた。

「緯度と経度で位置情報が分かるでしょう。これを実際の地図上にプロットしていけば、走行経路が分かるの。一定の時間ごとに記録されるから、走行速度も割り出せる。でもこの情報から一つ一つ位置情報を書き出すのは面倒ね。変換プログラムを手直しして使えば、地図アプリ上に位置情報を自動的に書き出すことができるわ」

朱莉は説明しながらキーボードをリズミカルに叩く。

「今までも朱莉のことすごいと思っていたけどさあ、朱莉みたいなコンピュータの技術と知識を持っていれば、どんな企業でも就職できるんじゃないの？」

穂花はカフェオレを飲みながら尋ねた。

「どんなに優秀だろうと、高卒を雇うＩＴ企業はないわよ。高校の担任の先生は、奨学金を貰っての大学進学を進めてくれたけど、早く社会人になりたかったの。それに刑事になるのが夢、穂花も同じでしょう？」

朱莉の顔が曇った。早く社会人になり、刑事になりたかったのは事実である。だが、一番の理由は長年苦労をかけた母親を楽にしてやりたかったからだ。大学に行っている四年の間も貧乏のままにしておけなかった。

「私も進路指導の先生に同じことを言われたわ。大学に行って四年も無駄にできないわよ。私たちの夢は刑事になって犯人を逮捕すること」

穂花は右拳を握って頷いた。

「これでよしっと」

朱莉はキーボードから手を離した。

岩城は札幌駅の近くにある札幌スノーホテルにチェックインしていた。一泊三千円のビジネスホテルだ。加山は同じフロアの別室に泊まっている。夕食は全国チェーンの牛丼屋で食べてきた。自腹を切れば豪遊もできるが、贅沢をすれば気が緩む。加山は牛丼にげんなりしていたが、文句は言わない。彼も刑事という自覚があるのでよく分かっているのだ。

「シャワーでも浴びるか」

捜査資料を見ていた岩城は、ベッド脇の椅子から立ち上がった。

ドアがノックされた。

「岩城さん、私です」

加山である。

「どうした？」

岩城はドアを開けて尋ねた。

「河井くんからメールが入ってきました」

ノートPCを手にした加山が部屋に入ってきた。彼に係のノートPCを持たせてあったのだ。加山は勝手にノートPCをベッドに載せて作業を始めた。

岩城のスマートフォンに電話が掛かってきた。朱莉からである。

「まだ、仕事をしていたのか？」

岩城は腕時計を見ながら電話を受けた。午後七時二十五分になっている。

――室長からいただいたデータを解析しました。作業を進めてよかったですよね？

朱莉が不安げな声で尋ねてきた。岩城はメールでデータを送ったが、指示はしていなかった。それを気にしているようだ。

「明日の朝、説明しようと思っていたが、解析を始めてくれたのなら助かるよ。ありがとう。でもあまり遅くならないようにしてくれ」

――解析は終わりました。結果はメールに添付してあります。

朱莉の声が明るくなった。岩城が咎めなかったのでほっとしているようだ。彼女もそうだが、穂花も上司に対して恐怖心を抱いているのかもしれない。先輩警察官との騒動で、人間不信に陥った後遺症なのだろう。

「警部！」

加山が声を上げ、ノートPCの画面を見せた。

「こっ、これは……」

岩城は声を失った。

2

十一月十一日。

岩城と加山は、午前七時にホテルをチェックアウトした。朝食は付けなかったので、近くのコンビニで買っている。

昨夜、被害者の石井が借りたレンタカーの走行データを朱莉が解析し、走行経路をマッピングしたデータを送ってきた。その走行記録を現地でトレースし、石井の足取りを追うのだ。

「とりあえず、道央自動車道に入ってくれ」

助手席の岩城は、スマートフォンの地図アプリを立ち上げて言った。昨夜のうちに朱莉が解析した走行経路を地図アプリに移してある。走行経路は三日分あり、一日目は札幌市内、二日目は札幌から網走、三日目は網走市内と郊外を回って札幌に戻る経路になっていた。今日は、二日目と三日目の経路を一気に確認しようと思っている。

「了解です。それにしても、河井さんは凄腕ですね」

加山は左手のブリトーを口に運び、ハンドルを左に切って環状通から南七条・米里《よねさと》通に入った。

たいした違いはないと思うが、加山はサンドイッチより、手を汚さないためとブリトーを買ったのだ。なんでも、捜査一課でさんざんコンビニのおにぎりやサンドイッチを食べたので、食べ飽きたらしい。

「河井くんは例の事件で謹慎中に、サイバー課から誘われたらしいが、断ったそうだ。サイバー課の課長に聞いてみたんだが、彼女ほど優秀な人材は、警視庁にはいないらしい。転属はしなくてもいいから、暇なら彼女に手伝って欲しいと皮肉を言われたよ」

苦笑した岩城は、ペットボトルのお茶を飲んだ。サイバー課とは〝サイバー犯罪対策課〟のことで、近年警察機関で力を入れている部署である。

「そっ、そうなんですか……」

加山は口の中のブリトーを詰まらせ、胸を叩いた。

「彼女たちは、捜査一課の刑事になりたいという強い意志を持っている。二人ともよほどの事情があるのかもしれないな」

岩城はしんみりと言った。長年、刑事をしていると、どうしてこんな仕事をしているのかと自問することがある。自分の命さえ削って働くことが馬鹿馬鹿しく思えるのだ。にも拘わらず、刑事になりたいと頑張っている健気な彼女たちを見ると、今の自分が気恥ずかしく思える。

「なんだか、二人とも苦労しているから、応援したくなりますね」

加山はコンビニのコーヒーを飲みながら言った。

「今回の事件が終わったら、二人を刑事講習に推薦するつもりだ」

「そりゃいい。彼女たちなら、立派な刑事になりますよ」

「彼女たちが刑事になったら、我々とは一緒に仕事ができなくなるけどな」

岩城は自嘲気味に笑った。二人とも捜査一課でばりばりと働いてもらいたい。少なくとも特命九係ではなく。

「そうですね。零細特命九係じゃ、出世できませんからね」

加山がわざとらしく大きな溜息を吐いた。

「嫌味か？　二人しかいないんだ。俺が係長、おまえだって主任になれる。別に望まないがな」

岩城は乾いた笑いをこぼした。

「なったところで、自慢はできませんがね。今日のスケジュールは、どうしますか？」

加山はブリトーをまた食べ始めた。朝が早かったので、打ち合わせは車の中ですることにしていたのだ。

「走行データからすると、最初は網走までまっすぐ行っている。そこで、三時間の市内観光をしているようだ。札幌市内の観光と同じ要領だな」

岩城は自分のスマートフォンをダッシュボードの上に置くと、コンビニのおにぎりの包装を剝がした。加山がコンビニのおにぎりに飽きたというのも分かる。岩城は捜査中の飯は、体を動かすための燃料に過ぎないと割り切っていた。

「網走観光は、やっぱり、アリバイ作りですかね？」

加山は尋ねた。

「そうとは限らない。調べてみないことにはな」

岩城はおにぎりにかぶりついた。石井と後藤は、家族や仕事関係者に後でばれてもいいように二泊三日の北海道旅行というアリバイを作ったのだろう。だが、それだけではなく、裏のビジネスのため北海道に来たに違いない。札幌はともかく、函館《はこだて》でも旭川《あさひかわ》でもない理由が網走にはあるはずだ。

「寄り道せずに、網走警察署に挨拶に行きますか？」

加山は口のまわりに付いたサルサソースを舌で舐めながら尋ねてきた。

「正直言って迷っている。道警の真鍋さんから朝一番で、網走署に電話すると聞いている。何かあったら、刑事課長の横山幹雄《よこやまみきお》さんに連絡してくれと言われているんだがな」

岩城は首を捻った。真鍋のおかげで捜査の手間は省けたが、至れり尽くせりで恐縮してしまった。横山に挨拶に行けば、歓待してくれるだろう。だが、それが煩わしいのだ。

「あまり、迷惑はかけたくないですよね」

加山は浮かない顔になった。彼も同じ思いのようだ。

車は高速道路の高架橋を潜り、道央自動車道に入った。

「それじゃ、われわれだけで捜査して、ある程度見当をつけてから連絡するか」

岩城は苦笑した。

「よかった。札幌では出る幕がなくて暇を持て余しましたから」

加山は陽気に笑った。地元の警察が出た場合、余計な口を挟めないために加山は、ほとんど口を聞かないようにしていたことを知っている。彼なりに気を遣っているのだ。

「時間はかけられないぞ」

岩城は難しい顔になった。何か手掛かりがあれば明日以降も現地に留まりたいところだが、今日中に手応えがなければ、予定通り今日の最終便で帰るつもりでいる。

「そうですね。経費はかけられませんからね」

加山は沈んだ声で言った。

「経費の問題だけじゃない。結果を出さずに北海道まで出張していたことが、やつにバレたら、九係を潰すために圧力を掛けてくるぞ。そうなったら、課長にまで累が及ぶ」

岩城が心配しているのは、森高のことだ。

「おお怖。縁起が悪過ぎて、名前を出すのも憚られますね」

加山が身震いした。

「いまさら言っても始まらないが、北海道に来た時点で、九係の存亡が懸かっている。半端なことはできないぞ」

岩城は加山に言い聞かせるように言った。

「負けません、あんな奴に。九係を舐めんなって言いたいですよ」

加山が右拳を振り上げた。

「その調子だ」

岩城は笑って頷いた。

3

午前十一時四十分。

岩城が運転する車は網走湖の北岸沿いの道を抜け、市内には向かわずに南の林道に入った。運転は、道央自動車道の比布大雪《ぴっぷたいせつ》パーキングエリアで交代している。

「本当にこの先にあるんですかね？」

助手席の加山がカーナビを見ながら首を捻った。舗装はされているがガードレールもない細い坂道を上って行く。とてもこの先に観光スポットがあるとは思えないのだ。

被害者である石井が使ったレンタカーの走行経路に従って、札幌からまっすぐ網走にやってきた。最初の目的地は網走湖に近いオホーツク流氷館となっている。

林道が開けて左手に大きな駐車場が現れた。入口にオホーツク流氷館と書かれた小さな看板が立っている。

岩城は駐車場の奥に車を停めた。

二人は駐車場から五十メートルほど坂を上り、煉瓦の外壁のオホーツク流氷館の出入口前に立った。石井はここでも建物の記念撮影をしただけらしい。

「移動しますか？」

加山は出入口のオホーツク流氷館とその下の天都山《てんとざん》展望台の文字を見ながら尋ねた。

オホーツク流氷館は標高二百七メートルの天都山の頂に建っており、三階のテラスは三百六十度のパノラマが楽しめる展望台になっている。

「展望台に上がってみるか」

岩城は出入口のガラスドアを開けて、建物に入った。受付で入場料を支払い、三階に相当するガラス張りの展望室からテラスに出た。構造上テラスになるのだが、展望室がテラスに比べて小さいのでどちらかというと屋上である。

オホーツク流氷館は、南北に長く弓状の形をしていた。幅が十メートルほどの展望室が建物の西側にあり、その前面にウッドデッキのテラスがある。さらにその周りに一段低いコンクリートのデッキがあった。

「おお〜。いいじゃないか」

岩城はテラスの東側の柵に手をかけ、声を上げた。網走市内はおろかオホーツク海まで見渡せる絶景なのだ。

「すげー！　いい天気で良かったですね」

加山は自分のスマートフォンを出すと、コンクリートのデッキに下りて風景を撮影し始めた。

「やっぱりそうなるよな」

岩城は加山の行動を見て頷いた。

「えっ、なんですか？」

加山は首を傾げて振り返った。

「この風景を見たら、おまえのように思わず写真を撮りたくなるはずだ。まして、観光で来たのなら写真を残さないはずはない。スタンプラリーじゃあるまいし、建物の外観だけ撮影するのはおかしいだろう」

岩城は雄大な風景を見ながら言った。

「同感です。こんな絶景を見たら誰でも感動しますよ。それなのにこの展望台に上がらないなんて勿体無いとしか言いようがありません。札幌の場合は、どう見てもガイドブックを見て回ったという感じでしたよね。網走も同じですかね」

加山は風景を撮影する手を止めて大きく頷いた。

「分からない。網走の走行経路に謎を解く鍵があると思っている。車に戻ろうか」

岩城は踵《きびす》を返して出入口に向かった。

「ええー、もう下りるんですか」

加山は文句を言いながらも付いてくる。

「これを見ろ」

車に戻った岩城は、書類ケースから網走の地図を出した。昨夜、朱莉が送ってきたデータの一つをホテルのフロントに頼んでA4の用紙にプリントアウトしてもらったのだ。網走市内の走行経路が地図上に記入されており、立ち寄った場所に時刻まで記入されていた。

「午前十一時半にオホーツク流氷館に到着、十分後に出発し、五分後に市内の回転寿司店に二十分弱いるから、昼食を摂ったのだろう。そこから市の中心部にある網走市立郷土博物館に八分後に到着している。ここにも十分ほどしかいない。そこから近隣の網走神社に立ち寄り、やはり十分後に出たようだ。五分後の十二時五十五分に流氷硝子館に到着、六分後に近くにある道の駅〝流氷街道網走〟に立ち寄った。ここでは三十五分も時間を使っている。立ち寄り場所は、石井のスマートフォンから取り出した写真とも合致する」

岩城は地図に記載されている時間を読み上げた。

「道の駅に三十五分？　誰かと会っていたんですかね」

加山は地図を覗き込んで言った。

「それも考えられる。だが、私ならコーヒー一杯で三十分はくつろげるぞ」

岩城は地図上の道の駅を指差した。腹も減ったが、朝はおにぎりとお茶だったので、コーヒーが飲みたいのだ。

「なるほど、回転寿司じゃくつろげませんからね」

加山は笑みを浮かべた。

「道の駅から網走川の対岸にある網走市立郷土博物館分館のモヨロ貝塚館に行っている。不可解なのはここからだ。十三時五十分にモヨロ貝塚館を出た石井は、博物館網走監獄に十四時十分に到着し、十七時十五分に出発、市内のホテルに十七時二十七分に到着している。博物館網走監獄には三時間五分もいた」

「博物館網走監獄は、テーマパークのように様々な施設があると聞いています。そこだけじっくり見学する可能性はあるとしても、最初に訪れたオホーツク流氷館のすぐ近くですから順路としては変ですね」

加山は岩城の指摘に相槌を打った。

「だが、博物館網走監獄の写真は、外の売店と入場口、それに監獄跡の正門の三枚だけだ。三時間もいたのなら、他にも写真があっていいだろう」

岩城は書類ケースから石井の撮影した写真のプリントアウトを出し、改めて確認した。

「不可解ですね」

加山は腕組みをして唸った。

「とりあえず、石井が行った回転寿司で飯を食って道の駅に直行しよう。網走市立郷土博物館と網走神社は飛ばしても構わないだろう」

岩城は車のエンジンをかけた。できれば女満別空港の最終便である二十時十五分発羽田空港行きに乗ろうと思っている。時間のロスは避けたいのだ。

「賛成です」

加山は嬉しそうに手を叩いた。

4

午後十二時四十分。

岩城と加山は道の駅〝流氷街道網走〟の駐車場にレンタカーを停め、網走川に面した建物に入った。

出入口の正面には観光船の待合椅子が並んでおり、窓から網走川と防波堤の向こうのオホーツク海が望める。左手はお土産などのコーナーになっており、賑わっていた。その奥は砕氷船オーロラ号の乗り場になっている。今はシーズンオフなので、遊覧観光船として就航しているようだ。

お土産売り場の手前に階段があり、二階は「休憩・飲食コーナー・展望デッキ」と階段脇の柱に記されている。

階段を上ると、「キネマ館」というフードコートがあった。網走を舞台とした昭和時代の映画のポスターや写真などが飾られている。

「カニ飯が六百八十円ですよ。それに網走チャンポンに網走バーガーか、惹かれるな」

加山は出入口脇にあるメニューの写真を見てよだれを垂らさんばかりに興奮している。

「さっき食べたばかりだろう」

岩城は首を振ると、自動券売機でコーヒーのチケットを買って「キネマ館」に入る。右の壁際にドリンクバーがあるが、グラスやカップは奥のフードカウンターで貰うらしい。

「私が飲み物をもらってきますので、適当に座っていてください」

加山が岩城のチケットを受け取り、カウンターに向かった。

「サンキュー」

岩城は店内を見回し、窓際のカウンター席を選んだ。ボックス席は埋まっていたが、昼時にも拘わらず団体向けと思われる大きなテーブル席と窓際の席は空いている。八月にピークを迎えた新型コロナの第五波は落ち着いているが、まだその余波で客足が減ったままなのだろう。

「いい景色だ」

岩城は窓際のカウンター席に腰を下ろす。海と網走川を分ける防波堤の右に視線を移すと、その先に帽子岩と呼ばれる巨岩が海からそそり立っている。絶景を見ながら食べられるのなら、回転寿司じゃなくここで食べるべきだったと今さら後悔しても始まらない。

「眺めがいい席ですね」

加山は岩城の前にコーヒーカップを置き、隣りに座った。加山が手にしているのはコーヒーカップではなく、炭酸飲料が入ったグラスである。

「珍しい物を飲むな」

岩城は加山が手にしているグラスを見て笑った。

「コーヒー専門店じゃありませんから、期待できないでしょう。炭酸飲料なら全国どこでも同じ味です」

加山は岩城のコーヒーを指差した。美味しくないと言いたいのだろう。

「ソフトドリンクの方がいいと言いたいのか？」

岩城はコーヒーを啜り、右眉をぴくりと上げた。コーヒーは不味いわけではない。口に合わないだけだ。そもそも人工甘味料の飲み物の方がいいとは思えない。

「喉が渇いた時は、炭酸飲料でしょう。コーヒーじゃありませんよ」

加山が減らず口を叩いた。ああ言えばこう言う。

「駆け出しの頃のおまえが懐かしいよ。ここを出たら、博物館網走監獄に直行するぞ。ここには監視カメラがない」

岩城はコーヒーを飲み干した。店内に監視カメラがあれば、少なくとも石井が一人で来たのかは確認できたはずだ。相手がいたのなら、捜査は進むだろう。そうなれば網走警察署に協力を求める。

「了解です」

頷いた加山はグラスの炭酸飲料を一気飲みし、ゲップを堪《こら》えて右手で口を押さえた。

十分後、岩城らは上部が煉瓦造りの堅牢なアーチを潜って、博物館網走監獄の駐車場に到着した。網走監獄をイメージした入場門のようだ。

二人は駐車場から階段を上り、その先にある蓮池に架かる鏡橋を渡った。十数メートル先の左手に煉瓦造りの入場券売り場があり、岩城は正門の手前で立ち止まった。墨文字で「博物館網走監獄」と書かれた木製看板がある門柱が厳《いか》めしい。正門の先は入場券を購入しなければならない。

岩城は腕を組んでみじろぎもせずに正門を見つめた。

「入場券を買ってきましょうか？」

隣りに立った加山が正門と岩城を交互に見て尋ねた。岩城が動く気配がないので疑問に思っているのだろう。

「いや、待ってくれ」

岩城は振り返って駐車場の方を見ると、ポケットから石井が撮影した写真のプリントアウトを出した。カーナビの走行記録で三時間もこの場にいたことは事実である。だが、それは石井が借りたレンタカーの記録に過ぎない。

「入場しないのですか？」

加山は岩城の視線の先を見て肩を竦めた。

「三時間もいて撮影した写真がたったの三枚、その内の二枚は、入場前に撮られている。不自然すぎるだろう。ひょっとして、ここがポイントだったんじゃないのか？」

岩城は独り言を呟きながら早足で鏡橋を渡り、駐車場に向かった。

「待ってください。どうしたんですか？」

加山が走って追いかけてきた。

「石井はここには数分程度いたに過ぎないんじゃないのか？」

岩城は駐車場の端で立ち止まると答えた。三枚の写真を撮るのなら五分もあれば充分である。

「しかし、カーナビの記録では三時間五分もいたことになっていますが、どう解釈したらいいんですか？」

加山は首を横に振った。

「それは、石井がここに車を停めた時間だ。彼の行動記録じゃない」

岩城は左右の手を交差させて横に振った。

「あっ。確かにそうです。でも現段階では、石井がここを離れたという証明はできませんよね」

加山は頷いたもののすぐに首を傾げた。

「今はな。石井はここに車を停めて、別の車でどこかに行ったと考えれば辻褄が合う。誰かと待ち合わせて、その人物の車に乗ったのだろう。タクシーに乗った可能性も考えられるが、タクシーでは記録が残るからありえない」

「そうかもしれませんが、それをどうやって証明するんですか？　目撃者でもいれば別ですが」

加山は周囲を見回した。施設の職員ならともかく、二ヶ月半前に来場した観光客に聞き込みをすることは不可能と言いたいのだろう。

「あれが稼働していれば、分かるかもしれないぞ」

岩城は車の入場口になっているアーチの突端を指差した。駐車場への出入口に、白い三本の柱の上に「博物館網走監獄」と記された看板がはめ込まれた煉瓦の構造物がある。その上に先端が尖った小さな塔があり、その中に監視カメラがあるのだ。出入りする車を記録するためのものだろう。

「あんなところに監視カメラがあったんですか。よく気が付きましたね。でも、録画データを見せてくれとは言えませんよね」

加山は頭を掻いて言った。

「むろんだ。網走署に助っ人を頼むつもりだ」

岩城はジャケットからスマートフォンを出した。

5

午後十三時十五分。博物館網走監獄。

駐車場の出入口近くに立っていた岩城と加山の前に、覆面パトカーが停まった。

「どうでもいいですが、早いですね」

加山が覆面パトカーを見て目を丸くしている。岩城が網走警察署に電話をかけてから数分ほどで到着したのだ。岩城が呼び出した刑事課の刑事とは違うのかもしれない。

「東京の岩城さんですか？」

二人の私服の男が車から降りると、助手席側の男が尋ねてきた。五十代前半、一八〇センチ近い大柄な男である。

「私が岩城です。横山さんですね」

岩城は頭を下げながら名刺を出した。

「捜査一課特命九係の加山達雄です。よろしくお願いします」

加山も横山に名刺を渡し、深々と頭を下げる。

「ご丁寧に、網走警察署刑事課の横山幹雄です。それから、部下の福谷健太《ふくたにけんた》です」

横山も名刺を出すと丁寧に腰を屈め、傍の若い男を指差した。

「福谷です。よろしくお願いします」

福谷は岩城らに会釈すると覆面パトカーに乗り込み、車を近くの駐車スペースに停めた。

「急にお呼びだてしてすみません」

岩城は再び頭を下げた。

「大丈夫です。道警本部の真鍋係長から事情は聞いております。実はいつでも出られるように待機していたのです」

真鍋から連絡するとは聞いていたが、岩城らをサポートするために抱えている仕事を外していたようだ。

「恐縮です。ありがとうございます。昨日、マルガイの借りたレンタカーの走行経路が判明し、博物館網走監獄でマルガイが秘密の行動を取った可能性があるのです」

岩城は小脇に挟んでいたファイルケースから地図上に描かれた走行経路を出し、横山に見せながら説明した。

「なるほど、施設をじっくり見てレストランで食事をすれば三時間いてもおかしくはないのですが、他の観光スポットが数分程度というのなら変ですね。分かりました。この施設の警備責任者は刑事課の元刑事で、私の大先輩なんですよ」

横山はにやりとした。警察で長年真面目に働けば、条件のいい職場に再雇用されるのは警視庁でも同じことである。

「偶然とはいえ、幸運ですね」

笑みを浮かべた岩城は、思わず右拳を握りしめた。

「偶然ではありますが、他の施設の警備責任者にも元警察官がいます。警察との連携が取れるので、施設としても都合がいいんですよ」

横山は駐車場から博物館に向かって歩き出した。鏡橋を渡った横山は博物館の出入口で職員に警察手帳を見せると、左手にある煉瓦造りの建物の中央にある出入口に向かった。平家だが大きな建物で、出入口のガラスドアに総合管理事務所と記されている。

「あら、横山さん。いらっしゃい。前田《まえだ》さんは警備室よ」

事務所に入った横山に女性職員が声を掛けてきた。名前を覚えられるほど横山は、ここに出入りしているということだろう。

「……ありがとう」

尋ねる前に女性に答えられた横山は苦笑すると、廊下の奥へと進んだ。横山は突き当たりの部屋の鉄製のドアをノックした。

「待っていたよ」

頭頂部が薄くなった六十代半ばの男がドアを開けた。警備責任者の前田だろう。横山が岩城から博物館網走監獄にいると聞いて連絡を入れていたようだ。

「よろしくお願いします」

横山は頭を下げると、岩城らに廊下で待っているように右手で示して部屋に入った。岩城から聞いた情報を前田に伝えて捜査協力を頼むのだろう。

「前田さんは横山警部の上司だった方で、腕利きの刑事だったと聞いています。協力してくれると思いますよ」

岩城らと一緒に廊下に立たされている福谷が、岩城と加山の顔を交互に見て言った。

岩城らが黙って立っているので、気まずいのだろう。

「お待たせしました。お入りください」

横山がドアを開けて手招きをした。

部屋の正面奥には縦長のスチールロッカーが並んでおり、その手前にテーブルと椅子が置かれている。着替えができる休憩室を兼ねているのだろう。

「失礼します」

岩城と加山が前田に会釈して部屋に入ると、福谷が部屋に入ってドアを閉じた。

「前田さんが監視カメラの映像を出してくれるそうです」

横山は右手を伸ばした。部屋の左奥にパソコンデスクがあり、大きなモニターが二台並んでいた。モニターには分割された監視映像が映っており、施設内には何台もの監視カメラが設置してあるようだ。

「いつもなら若い子にさせるんですが、内緒にというから私が直接扱っているんですよ。若い連中と違ってパソコンに弱くて」

自嘲気味に鼻から息を漏らした前田は左手で老眼鏡のずれを直し、パソコンのマウスを扱っている。

「すみません。よろしくお願いします」

岩城と加山は揃って前田の背中に頭を下げた。

「マルガイは、今年の八月二十七日の十四時十分に博物館の駐車場に車を停め、十七時十五分に出て行ったんですね。ちょっとお待ちください」

前田はメモ帳を見ながらキーボードを叩き、日付と時間を入力した。横山が岩城の説明を書き取ったメモ帳を見ているらしい。

左側のモニターは四分割されており、左上の映像が切り替わった。駐車場の出入口にあるアーチの監視カメラの映像らしい。駐車場を出入りする車両のナンバープレートが映っている。駐車場の監視カメラは一台だけらしく、駐車場全域をカバーしていない。

「タイムコードは、十四時九分にセットしました」

前田はそう言うと、マウスの左ボタンをクリックした。

映像が動き出し、右下のタイムコードが目まぐるしく変わる。

三十秒後、トヨタのアクアが駐車場に入って行く。

「止めてください」

岩城が声を発すると、前田は映像を止めて拡大した。パソコンは不慣れだが、何をするべきかはよく分かっている。

「間違いありません。石井が借りていたレンタカーです」

隣りでモニターを覗き込んでいた加山が、モニター上の車の車種とナンバーを確認すると自分のスマートフォンでモニターを撮影した。

「二倍速で再生して、出入りする車があれば、その都度映像を止めてもらえますか」

岩城は持参したメモ帳を出して頼んだ。

「了解です」

前田は映像を再生させた。

石井の乗ったアクアは駐車場の奥へと進み、監視映像からフレームアウトした。

「もっと手前に停めてくれればよかったのに」

加山が独り言を呟いた。

映像が止められた。新たに車が入ってきたのだ。

「ありがとうございます」

岩城はメモ帳にナンバーを控えると、加山はスマートフォンでモニターを撮影した。事前に打ち合わせたわけではないが、どちらも捜査では重要な要素である。

「ここで止めてもらえますか。おそらく充分だと思います」

何度か駐車場を出入りする車を撮影し、タイムコードが十四時四十五分を過ぎたところで岩城は映像を止めてもらった。三十五分間の映像を確認している。岩城の推理通りなら、最初の十分でも大丈夫なはずだ。

「まだ、二時間以上ありますよ」

前田は振り返って首を傾げた。

「三十五分の間に五台の車が出入りしています。その内の一台にマルガイが乗っていたと思います。とりあえず、五台のナンバーを真鍋さんから北海道運輸局に問い合わせて貰うつもりです」

岩城は答えた。自分の推理にはある程度自信はあるが、あまり前田の手を煩わせたくないのだ。

「もし、よろしければ、私が十七時十五分までの映像を確認します。私に気を遣っているのなら、遠慮はいりませんよ。捜査に取りこぼしは禁物ですから」

前田が笑顔で言ったが、岩城をやんわりと注意しているようにも聞こえる。

「……お言葉に甘えてもよろしいでしょうか？」

岩城はしばし迷ったものの頭を下げた。

石井が駐車場に着いたら、十分以内に何者かが迎えに来ると思っていた。とすれば、同じ車の出入りが短時間に監視カメラに映っていると予想したのだ。だが、そういう不審な車はなかった。迎えの車は石井が到着する前に駐車場にいたのかもしれない。

とはいえ、一抹の不安はあった。前田の言葉に甘えたのは、慎重を期して映像を確認する必要があると思い直したからだ。推測を元に捜査をするのは、傲慢である。

「もちろんですよ」

前田は、再びパソコンに向かって作業を始めた。

「それでは、よろしくお願いします」

岩城は前田のサポートをするように加山の肩を叩くと、真鍋に連絡すべく部屋を出た。

「運輸局なら知り合いがいますので、私から問い合わせができますよ」

横山は岩城を追いかけるように廊下に出てくると遠慮がちに言った。本部の人間に手間を掛けさせたくないのだろう。

「それは助かります」

岩城はメモ帳のナンバーを控えたページを開き、横山に渡した。

6

午後二時二十分、博物館網走監獄、総合管理事務所。

岩城と加山は、警備室で監視映像のチェックをしていた。再生を二倍速で確認しているので、これまでに二時間分以上の映像を確認している。

横山と福谷は、部屋が狭いのでパトカーで待機していると三十分前に部屋を出た。岩城らに気を遣ったのだろう。

最初に監視カメラの映像でナンバーを記録した五台の車は、横山が運輸局に問い合わせている。また、その後にチェックした車もすべて確認してもらうことになっていた。

「休憩しますか？」

岩城はパソコンを操作している前田に声を掛けた。時折、老眼鏡を上げて右指で目頭を揉む仕草をしている。二倍速にしているため目が疲れるのだろう。岩城も目の乾きを覚え、何度も瞬きをした。

「毎日何キロも歩くようにしているので足腰は健康なんですが、パソコンの画面を長時間見ていると目が霞むんですよ。つくづく年だと思い知らされます」

前田は眼鏡を外すと、右拳で肩を叩いて屈託なく笑った。現役時代は「仏の前田」とでも呼ばれる刑事だったのだろう。顔に刻まれた皺にその人柄が偲ばれる。

「前田さんのペースで作業を進めてください」

岩城もつられて笑うと、メモ帳に書き込んだ車のナンバーを数えた。これまで石井の車も含めて十九台の車を確認している。横山から連絡がないので、最初の五台の所有者については運輸局から返事をまだ貰っていないのだろう。

ドアがノックされた。

「私が出ます」

加山がドアを開けた。

「すみません。まずいことになったみたいです」

横山が青ざめた顔で立っている。

「どういうことですか？」

加山が首を傾げた。横山の後ろにスーツ姿の見知らぬ二人の男が立っているのだ。

「横山課長、そこをどいてください」

後ろの男が右手で横山を脇に押しやると、部屋に入ってきた。

「なんですか、君たちは！」

前田が立ち上がって怒鳴った。

「我々は網走署の警備課の者です。警視庁の岩城警部はあなたですか？」

男は前田を無視して岩城に迫った。

「警備課？　公安……ですか？」

岩城は立ち上がると、男と視線を合わせた。目の高さはほぼ同じだ。岩城は一七九センチある。道警の警備部には公安の第一、第二、第三課、外事課、警備課、それに機動隊があった。所轄の警備課ならもっと規模は小さく、公安係と外事係程度だろう。だが、警部である横山を高圧的に扱っているところをみると、男は警備課長で警視クラスかもしれない。

「うん？」

男は「公安」と聞いて右眉をぴくりとさせた。微妙な表情である。

「公安じゃないのなら、外事に関わることですね。お話を聞く前に、お名前をお聞きしましょうか？」

岩城はふんと鼻で笑った。捜査が所轄の外事係の逆鱗《げきりん》に触れたようだ。道警の外事課には外国の諜報機関の活動に対処する外事情報対策室と国際テロリズム対策室がある。だが、所轄なら区別はないはずだ。

「むっ」

男たちは顔を見合わせた。警視庁にも公安部があるが、道警とは比べ物にならないほど巨大な組織である。一般の警察とはまったくの別組織で彼らと仕事上で協力関係になることはほぼない。その点は道警でも同じはずだ。

「図星のようだ。畑は違いますが、同じ警察官として名乗っても問題ないでしょう」

岩城は男たちに向かって微笑んだ。他部署と敵対しても何の益にもならない。森高にも分かって欲しいものだ。

「私は平林悠二《ひらばやしゆうじ》、部下の山本浩太《やまもとこうた》です」

平林は言葉遣いを改めたらしい。公安警察官は、身分を隠して行動する。外事係と簡単に当てられて驚いているようだ。

「我々の捜査が、あなた方のシマを荒らしましたか？」

岩城は単刀直入に尋ねた。

「鋭いですね。そういうことです。あなた方が追っているターゲットは、我々がマークしている人物だと思われます。東京にお帰りください」

平林は挑みかかるような目で言った。

「我々は殺人事件の捜査をしている。諜報活動の取り締まりが優先されるんですか？」

岩城は腕を組んで尋ねた。相手の挑発に乗るつもりはないが、おとなしく引き下がるつもりもないのだ。

「そういうことです。我々の捜査で殺人事件に関係しているようでしたら、情報を提供します。ただ、警視庁の方が道内で活動されては、我々の極秘捜査が相手に知られてしまうので困るんです」

平林は動じることなく、淡々と答えた。防諜は国益に関わるため、殺人事件よりもプライオリティが高いと言いたいようだ。

「横山課長が運輸局に問い合わせた五台の車の中に外国の諜報機関が所有する車があったということですか」

岩城も表情を変えることなく尋ねた。情報を共有できない相手には、質問を続けることである。

「これ以上、質問されても、何もお答えできません。お引き取りください」

平林は岩城を睨みつけた。岩城の推測は当たっているということだ。

「すでに情報を持っているはずですよね。それを聞いたら帰りますよ。北海道ということならロシアか北朝鮮……ロシアの諜報機関が関係しているんじゃないですか？」

岩城は平林の反応を見ながら食い下がった。運輸局に車のナンバーを問い合わせたからこそ平林は動いたはずだ。情報がないとは言わせない。

「強情な人だ。あなたのおっしゃるように問い合わせがあった五台の車の一台が、ロシアの諜報員の車でした。これ以上はお話しできません。ご理解ください」

平林は大きな溜息を漏らした。

「分かりました。前田さん、本日はありがとうございました」

岩城は前田に深々と頭を下げると、部屋を出た。加山と横山が岩城の後を追うように付いてくる。

「すみません。運輸局から彼らに連絡が入ったようです。あらかじめ、リストにあるナンバーの問い合わせがあった場合、通知するように運輸局に頼んであったのでしょう。同じ道警なのに腹が立ちますよ」

横山は眉を吊り上げて言った。

「こちらこそ、ご迷惑をお掛けしました」

岩城も険しい表情で頭を下げた。

「いいんですか、引き下がって？」

加山が不満げに尋ねてきた。

「これ以上、口論したところで何も生まれない。それに前田さんにも迷惑が掛かるだろう。ホテルを探すぞ」

岩城は腹立たしげに答えた。

「えっ！　東京に帰らないんですか？」

加山が妙な笑みを浮かべている。

「前田さんに連絡して、閉館してからまた来るつもりだ」

岩城はふんと鼻息を漏らした。

特命九係と外事課

1

十一月十二日午前七時五十分、警視庁〝デジタル保管室〟。

岩城は出入口のドアを開け、鍵をジャケットのポケットに仕舞った。鍵は開いており、使う必要はなかったのだ。

「おはようございます」

穂花と朱莉が同時に挨拶をした。

「おはよう。今日も早いね」

岩城は小さく頷くと彼女たちの後ろを通り過ぎ、自分のデスクの椅子に座った。まだ加山は出勤していないようだ。

北海道に加山と勇んで出かけたが、網走署の警備課の出現で捜査の道は閉ざされてしまった。彼らが博物館網走監獄から帰った頃を見計らって前田に連絡したが、平林にデータのコピーを要求され、その上でハードディスク上のデータは消去を強要されたらしい。平林から違法捜査に協力した罪で告訴すると脅され、前田は已む無く応じたそうだ。そのため、ホテルには泊まらずに女満別空港の最終便で昨夜帰ってきた。

「どうしたものか」

岩城は椅子を引いてパーテーションの脇から穂花と朱莉を見た。二人ともパソコンで何か作業をしている。彼女たちの真剣な表情を見れば、自主的に仕事をしていることは分かる。警察官になってまだ四年目だが、逆境を跳ね返して生きてきた力が経験以上に役に立っているのだろう。

今回の事件が解決したら、彼女たちを刑事講習に推薦するつもりだった。だが、捜査が強制終了させられたことで、推薦も棚上げにするというのも理不尽である。彼女たちを待たせておく必要はない。冴えない特命九係に引き留めておくのも可哀想だ。

岩城が関係部署に書類を提出すれば彼女たちは面接試験を受けることができる。書類審査では勤務評定が重要視される。岩城の部下になってから日は浅いが、交番勤務時代の上司の推薦も得られるはずなので問題はないはずだ。現役の刑事である岩城の推薦が付加価値として認められるだろう。

面接試験では刑事という仕事にどれだけ情熱があるかが問われる。その点については二人とも文句の付けようはないだろう。

岩城は一人で頷くと席を立った。

「始業時間前だが、二人ともちょっといいかな」

穂花らに声を掛けて、打ち合わせテーブルの椅子に座った。

「もちろんです」

穂花と朱莉は顔を見合わせて答え、岩城の向かいに座った。

「私は、君たちを刑事講習に推薦しようと思っている」

岩城は二人の顔を見ながら言った。加山が出勤していないので、その方が彼女たちは気を遣わなくてすむと思ったのだ。

「大変ありがたく思います。しかし、二件の連続強盗殺人事件の捜査は終わっていません。審査に合格したら、お手伝いできなくなってしまいます。捜査中の事件があるのに、ここを去るようなことになるのは嫌です。中途半端なことはしたくないのです」

穂花の言葉に朱莉が大きく頷いた。審査に合格すれば、警察学校で行われる刑事講習に出られる。期間は三ヶ月で、講習後に晴れて合格すれば、刑事になる資格が得られる。というのも、所轄の刑事に空きがなければ採用されないからだ。いずれにせよ、特命九係から離れることになる。

「実は今回の北海道出張で、手掛かりを失った。捜査はかなり長期戦になる可能性がある。いつまでたっても区切りがつくとは思えないのだ」

岩城は渋々言った。

「すみません。私の耳には捜査を打ち切ると聞こえてしまいます。詳しく教えて貰えますか。私も朱莉も納得できません」

穂花は強い調子で言うと、首を横に振った。

「石井の借りたレンタカーの走行経路で、最後に彼が訪れた博物館網走監獄が怪しいと睨んだ。そこで、博物館の監視カメラで石井に接触した車を調べたことは知ってのとおりだ。だが、そのことを網走署の警備課に察知され、捜査の中止を要請された。ロシアの諜報員が関わっている可能性が浮上したからだ。向こうは以前から極秘に捜査していたらしく、引き下がる他なかった。北海道に捜査の望みを繋げていただけに、今後は地道に業務の合間に捜査をする他ないだろう」

岩城は溜息交じりに答えた。

「それって、岩城室長の刑事としての勘が当たったということですよね。北海道の捜査から引き下がる必要があるのですか！」

穂花がテーブルを叩いた。これでは褒められているのか、怒られているのか分からない。

「地元警察の協力がなければ車両の持ち主も割り出せない。警備課が出てきた以上、我々では何も出来ないのだよ。そもそも北海道は管轄外だから仕方がないんだ」

岩城は説明しながらも自分に腹を立てていた。日本中どこでも自由に捜査ができればいいが、そんな好き勝手ができるはずもないのだ。

「……なるほど。すみません。偉そうなことを言って」

穂花は溜息を吐いて俯《うつむ》いた。ようやく納得したらしい。

「推薦の件で質問があります。勤務評定が必要だと思うのですが、この部屋に異動になってから四ヶ月と十二日です。私たちに推薦に値するだけの評価を頂けるのですか？」

朱莉が遠慮がちに尋ねた。

「確かに私だけでは駄目だと思うが、交番勤務時代の上司である張本《はりもと》警部の推薦も合わせれば問題ないだろう」

岩城は笑みを浮かべ動揺を隠した。正直言って戸惑っている。刑事講習と聞けば、彼女たちは手放しで喜んでくれるものと思っていたのだ。

「私もそう思います。張本警部は確かに私たちを評価してくれましたが、木川巡査の件ではあまり相談には乗って貰えませんでした。たとえ評価を頂いてもうれしくはありません」

穂花は下唇を噛んだ。木川は上司にへつらっていたらしく、張本は穂花たちの言葉を当初疑っていたそうだ。

「私も同感です。張本警部の評価は要りません」

朱莉が涙目になっている。よほど悔しい思いをしたのだろう。こんなにやる気のある若い警察官に働く環境を与えられないのは組織として欠陥があると言わざるを得ない。

「だが、私の評価だけというのなら、少し時間が掛かるぞ」

岩城は二人の顔を見て言った。

「特命九係でこのまま働かせてください。ここで結果を出します」

穂花が睨みつけるように両眼を見開いた。

「私も同じ気持ちです。よろしくお願いします」

朱莉も真剣な眼差しを向けてきた。

「分かった。正直言って君らがいてくれれば助かるからね」

岩城は大きな息を吐き出した。

2

午後六時十分。

岩城はパソコンの電源を落とし、机の上の書類をまとめて引き出しに仕舞った。

「今日は、上がりますか？」

向かいの席の加山が尋ねてきた。穂花と朱莉は、定時である午後五時十五分に退庁させている。

「たまには、早く帰ってもバチは当たらないだろう」

岩城は小さな溜息を吐いた。

午前中は、麴町警察署と高輪警察署から借りた捜査資料を送り返す作業に追われた。だからといって二つの殺人事件の捜査を諦めた訳ではない。穂花と朱莉が、岩城らの留守中に捜査資料の見直しをし、アナログデータをデジタル化したために不要になったからである。

北海道での捜査は半強制的にストップさせられたが、都内での捜査はプライオリティを下げて継続するつもりだった。だが、朝の打ち合わせで穂花と朱莉から発破を掛けられ、彼女たちがデジタル化したデータを優先的に調べることにしたのだ。とはいえ、夜中まで必死に仕事をしようという気概はない。手掛かりを奪われたショックから立ち直っていないというのが正直なところだ。

デスクの電話が鳴った。

「特命九係、岩城です」

岩城は受話器を取った。

――坂巻だ。すまないが、ちょっと話したいことがある。〝こぶしの花〟で八時に待ち合わせをしないか？

「了解しました。お電話ありがとうございます」

岩城は首を傾げつつも返事をした。〝こぶしの花〟に八時ということは、一般客が帰った後で会うということだろう。北海道での捜査が、網走署の警備課のせいで出来なくなったことと関係しているのかもしれない。坂巻には、北海道を発つ前に事情を報告してある。岩城の報告を受けた坂巻の舌打ちが聞こえた。かなり腹を立てているようだったが、今日は感情の乱れは感じられない。

——すまんな。

坂巻から通話は切られた。

「課長から呼び出しが掛かった。すまないが、先に帰ってくれ。待ち合わせが遅いので、私は残務処理でもするよ」

岩城は出入口近くに立っている加山に言った。

「なんだか怖いな。北海道の件で絞られるんじゃないですか？」

加山が困惑の表情を浮かべた。

「俺もそう思う。おまえは呼ばれていないが、付き合うか？」

岩城は加山に手招きをした。

「冗談は止めてください。明日、聞きますよ。お先に失礼します」

加山は逃げるように部屋を出て行った。

「薄情なやつだ」

岩城は椅子に座ると、パソコンの電源を入れた。

一時間半後、岩城は庁舎を出て虎ノ門方面に向かった。歩き慣れた道なので十分ほどで虎ノ門の裏道に入り、〝こぶしの花〟の暖簾を潜った。

「いらっしゃい。座敷でお待ち兼ねよ」

女将は包丁の手を止めて言った。

「えっ!」

岩城は思わず声を上げた。時間前に来たつもりだが、課長を待たせるなど失態である。店には他の客はいない。女将なら捜査上の話を多少しても問題ないが、それすら許されないということなのだろう。

カウンターの右手奥に小上がりがあった。女将はカウンターだけで手一杯だからと、カウンターが満席になっても客に座敷は使わせない。料理を運ぶのも面倒なのだろう。

「あれっ?　どうも」

岩城は頭を下げて座敷に上がった。先客は山岡だったのだ。

「早いな」

山岡は腕時計で時間を見て言った。早いと言っても午後八時五分前である。

「課長から話があると呼び出されたのですが」

岩城は座敷を見回しながら廊下に近い下座に座った。座敷は八畳間で漆喰の壁は黄ばんでおり、哀愁を感じさせる。テーブルには瓶ビールとコップ、お通しの小皿、それに箸は三膳用意されていた。

山岡はテーブルの右手に座っており、壁際の上座に座布団が敷いてあるのは坂巻の位置である。退職した山岡が同席するのなら、仕事の話ではないのかもしれない。

「話は課長が見えてからにしよう」

山岡は笑顔を見せることなく言った。付き合いは長いが、彼と会話が弾んだためしがない。坂巻が来るまで沈黙が続きそうだ。

「いらっしゃい！」

女将の声が聞こえた。午後八時ちょうどである。

「待たせたかな」

坂巻が時間通りに現れた。

「来たばかりです」

岩城は正座で頭を下げた。

「喉を潤してから話をしよう」

坂巻は岩城の向かいの上座に座ると、グラスを手にした。

岩城は瓶ビールを持ち、坂巻と山岡のグラスにビールを注ぐ。山岡が瓶ビールを手にしたので遠慮なく岩城は自分のグラスを差し出した。

「それじゃ、前途多難に乾杯だ」

坂巻は妙なことを口走り、グラスのビールを呷った。

岩城と山岡も坂巻に一礼してビールを一気に飲み干した。

「これから話すことは、この座敷から外には出すな」

坂巻は空のグラスをテーブルに置くと、岩城の顔を見て言った。

「はっ、はい」

岩城は思わず二度頷いた。山岡がいるため重要な話ではないと思っていたが、不意を突かれた感じである。

「山岡の退職の理由は、病気ではない。公安にリクルートされたからだ」

坂巻は山岡をちらりと見て唐突に言った。

「えっ！　本当ですか」

岩城は両眼を見開いた。山岡が退職したのは一年ほど前になるが、病気で退職したことを疑いもしなかった。

山岡は顔色も変えずに坂巻のグラスにビールを注いだ。

「九係の捜査能力は高く評価されている。そこで公安の外一から山岡が欲しいと打診されたのだ。これは公安部長から聞いた話だが、警察庁警備局公安課からの指導もあったそうだ。公安部の捜査能力が落ちていると見られているのだろう。もっとも刑事部としても、公安とのパイプ役が欲しかった。両者の思惑が合致し、山岡は転属したのだ」

坂巻は呆然としている岩城を無視して話す。公安部は警視庁でも別組織である。転属するなら一度退職して再雇用という形を取ったのだろう。外一というのは、公安部外事第一課のことで、第一係から第五係まである。ロシアや東ヨーロッパの諜報活動や戦略物資の不正輸出を主たる捜査対象としていた。

「公安とのパイプ役」

岩城は大きく頷いた。公安部は同じ警視庁に属しながらも、刑事部と協力することがない。手柄を競うこともあり、そのため互いに捜査妨害することさえある。同じヤマを追うのなら協力した方がいいが、極秘捜査を前提とする公安部とは相容れないのだ。山岡を公安部に入れたのは、人材の交流でそれを解消しようというのだろう。優秀で客観的に物事を見ることができる山岡は、まさに適任と言えた。

「近年世界中で、中国とロシアは工作活動を活発化させている。日本も例外ではない。公安の人材不足を解消するには人材を育てるよりも優秀な刑事をリクルートするのが手っ取り早い。山岡はこの一年でその道のプロと言えるほど活躍していると公安部長からも聞いている」

坂巻は山岡をチラリと見て誇らしげに言った。

「滅相もない」

山岡は坂巻の褒め言葉に苦笑している。

「岩城、当分の間、山岡と組んでくれ」

坂巻は険しい表情で言った。

3

十一月十三日午前九時四十分、新千歳空港。

岩城は三日前と同じバッグを提げ、到着ロビーに出た。

デジャブを見るような錯覚を覚えるが、同行しているのは陽気な加山ではなく無口な山岡というのが現実である。

山岡はポロシャツにスポーツブランドのスウェットのパーカと、まるで近所の住民という格好だ。少なくとも旅行者には見えない。刑事時代も地味なスーツを着ていたが、外事課に転属になってさらに民間人に溶け込む服装をするようになったらしい。

留守番になった加山と穂花と朱莉の三人には、課長から単身北海道に行くように命じられたとだけ告げてある。あえて詳細を語らなかったことと課長命令と聞き、三人とも深くは質問をしてこなかった。極秘捜査だと分かっているのだ。

「行きましょうか」

岩城はマイペースで歩く山岡を急かした。駐車場に北海道警察本部の真鍋が覆面パトカーで出迎えに来ている。待たせるのは心苦しいのだ。

昨夜、岩城は坂巻から、公安部外事課に転属した山岡とともに北海道での捜査を命じられた。坂巻は網走警察署の外事課とのトラブルを避けるため、北海道警本部長に直接電話して協力を求めている。また、山岡は別途北海道警本部警備部の外事課と連絡を取り合っていた。警視庁と北海道警との極秘合同捜査をするのだ。

「別行動だ。まずは道警の外事課と打ち合わせをする。一時間後にどこかで待ち合わせをしよう。場所は連絡する」

山岡はそう言うと、「JR線（新千歳空港駅）」と書かれた掲示板の下にある下りエスカレーターに乗った。電車で市内に向かうらしい。

「相変わらず、マイペースだな」

苦笑した岩城は連絡通路を通り、急いで階段を下りて駐車場に出た。

「こんなに早く戻られるのなら札幌に宿泊するべきでしたね」

階段下で待っていた真鍋が、笑みを浮かべて軽く頭を下げた。

すぐ近くに覆面パトカーが停められている。真鍋の部下である仲田が運転席から降りて岩城に会釈し、後部ドアを開けた。

「まったくその通りです。今回もお世話になります」

岩城は仲田に会釈すると、後部座席に乗り込んだ。

「それでは早速、網走で何があったのか教えていただけますか？」

真鍋も助手席ではなく、後部座席に乗り込んで尋ねてきた。

坂巻から道警の本部長に電話で協力を要請している。だが、ロシアの諜報機関が関係している可能性があるため、盗聴を恐れて電話では詳しく説明していないそうだ。岩城も同じ理由で真鍋には会ってから話をするとだけ伝えてあった。

「ご協力いただいて入手した走行経路のデータから、マルガイが博物館網走監獄から別の車で移動した可能性があることが分かりました。ところが、マルガイを連れ去ったと思われる車がロシアの諜報員が所有する車だったらしいのです。そのため、網走署の警備課から横槍が入り、捜査は中断せざるを得ませんでした」

岩城は経緯を詳しく説明した。

「なるほど、自分のシマを荒らされるのを恐れたんですな。まあ、公安や外事の連中は、どこでも排他的ですから」

真鍋は他人事のように笑った。新型コロナの流行で北海道に出入りするロシア人は減少している。だが、定住者も多いため、ロシア人諜報員は珍しくないのかもしれない。

だが、それでは困るのだ。

「うちの課長は、都内で起きた殺人事件にロシアの諜報機関が関わっていることを重要視しています」

言葉の意味を汲み取って欲しいため、岩城はあえて表情を消して言った。所轄の警備課だけで扱える事件ではないのだ。岩城の使命は事件の糸口を見つけ、本格的な捜査ができるようにすることである。

「単なる殺人事件でなく、国家規模の事件に発展する可能性があると考えているんですね」

真鍋は真剣な表情になった。

「そのため、私は警視庁の外事課に所属する職員と組むことを命じられました」

岩城は山岡の名前は出さなかった。公安部の職員で名前を公表できるのは、幹部だけだからだ。山岡が自ら名乗らない限り、岩城から教えることはできない。

「外事課と組むんですか？　あり得ない」

真鍋が目を剝いた。

「外事課にはロシアの諜報員の情報が蓄積されています。彼らの協力は絶対必要なんです。もっとも、性格が異なる捜査機関の合同捜査が難しいことは分かっています。そのため、ごく少数の捜査員で内々に進めるほかありません。それに外事課との合同捜査ということになれば、極秘ということになるでしょう。その旨、道警の本部長に事前にお伝えください」

岩城は訴えるように言った。

「ということは、岩城さんと私と仲田、それに外事課の捜査員だけで捜査するということですか？」

真鍋はバックミラーに映る仲田の顔を見て聞き返した。

「そういうことです。警視庁からは外一の捜査員が、道警の警備部の外事課も加えて打ち合わせをすることになっています」

岩城は簡単に説明した。というか、山岡から別行動を取られたために詳しく話せないのだ。

午前十時五分。

山岡はJR千歳駅で下車すると、東口のロータリーに出た。

駅前通りがある西口のロータリー周辺には商業ビルやホテルなどがあり、それなりに街らしい雰囲気がある。だが、東口周辺に高いビルはなく、寂れた通りに人通りも少ない。

ロータリーには三台の客待ちのタクシーが並んでいる。

「山岡さんですか？」

背後から声を掛けられた。振り返ると、作業服を着た男が立っている。

「江村《えむら》さんですか？」

山岡は振り返って小声で尋ねた。北海道警察警備部外事課の係長である江村和馬《かずま》が、この駅に迎えに来ることになっていたのだ。江村は空港や大きな駅での待ち合わせは人目につくからと、あえて空港に近い人口密度の低い街の駅を選んだらしい。

「こちらへ」

頷いた江村は、ロータリーの左手にある駐車場に案内し、白いプリウスの助手席に乗るように勧めた。

「警視庁の外一と捜査協力と聞きました。私とあなたの二人で何をすればいいのですか？」

運転席に乗り込んだ江村はエンジンをかけずに尋ねてきた。山岡は江村の上司に直接連絡したが、合同捜査の要請をしたに過ぎない。もっとも、外事課は諜報機関なので盗聴を警戒するため電話連絡をしないのは珍しいことではないのだ。

「都内で起きた二件の強盗殺人事件のマルガイとロシアの諜報員が繋がっている可能性があります。殺人事件は、大きな犯罪の氷山の一角かもしれません。それを捜査するのです。ただし、殺人事件を追っている警視庁の刑事と道警本部の刑事と組みます」

山岡は表情も変えずに淡々と答えた。

「嘘でしょう。我々と刑事部の刑事が組むんですか？　そもそもそんなことをしたら、警備部の機密性が失われてしまいますよ」

江村は大きく首を横に振った。

「人数を限定することで機密性は保たれます。我々は互いの利点を最大限に利用し、捜査の効率化を図ることができるはずです。とりあえず、刑事部のチームと合流します。この捜査は警察庁からの指導もあるのです。その旨、江村さんから本部長に報告してください」

山岡は命令するように強い口調で言った。

4

午後二時五十分、道央自動車道・比布大雪パーキングエリア駐車場。

岩城は駐車場の左端に停められたスバル・フォレスターの後部座席から降りた。極秘に捜査すべく、覆面パトカーではなく真鍋の愛車を使うことにしたのだ。

「遅くなりましたが、大丈夫でしょうか？」

助手席から降りてきた真鍋が、腕時計を見ながら言った。自宅まで車を取りに行ったので時間のロスを気にしているようだ。

「連絡してありますので、大丈夫です。先方はあそこですね」

岩城は駐車場の左手にある赤い屋根の東屋を指差した。

下りの比布大雪パーキングエリアは、トイレと清涼飲料水の自動販売機だけのパーキングエリアとなっており、左手にある植栽の向こうに東屋の屋根が見えた。

唯一の設備であるトイレからは離れているので、わざわざ行くような場所ではなさそうだ。場所を指定したのは山岡であるが、同行している道警外事課の捜査員が教えたのだろう。当初は札幌市内で合流するつもりだったが、人目につくのを彼らが避けたのだ。

岩城と真鍋と仲田の三人は、目隠しになっている植栽の脇を抜けて小高い場所にある東屋に辿り着いた。東屋は雑木林を背にしており、景色を楽しむような場所ではない。山岡と道警外事課の捜査員らしき作業着姿の男が石でできた椅子に座っていた。

「外一の山岡雄也です。ご存知かもしれませんが、道警の江村さんです」

山岡は見たこともない笑顔で、真鍋らに江村を紹介した。普段は素っ気ないが、接触する相手に応じて陽気に振る舞ったり、近寄りがたい厳格な男を演じたりと変幻自在である。彼は間違いなく超が付く優秀な刑事だった。

「外事課の江村和馬です」

山岡の態度に驚いた様子をしていた江村もそつなく挨拶をした。

「特命九係の岩城哲孝です。よろしくお願いします」

岩城は丁寧に頭を下げた。

「道警捜査課の真鍋拓実です」

「同じく捜査課の仲田直哉《なおや》です」

真鍋と仲田は山岡と江村に頭を下げ、名刺を出そうとした。二人は江村とも初対面らしい。

「いえいえ」

山岡が笑顔で右手を上げると、二人は慌てて名刺入れをポケットに戻した。名前を記憶するのは構わないが、それ以上の行為はしないということである。

「こんな場所でなんですが、網走に乗り込む前に打ち合わせをしましょう。すでに網走署の警備課には江村さんから連絡を入れていただきました」

山岡は江村に視線を向けて促した。彼が捜査の指揮を執るようだ。

「網走署は規模も小さく、警備課はありますが、公安と外事が分かれているわけでもありません。課長の平林も含めて五人という所帯です。ただ、昨日より、岩城さんが目を付けられたロシアの諜報員イゴール・ベレズツキを監視下に置いていると報告を受けております。我々は現地に到着次第、彼らと合流して監視行動をサポートすることになるでしょう」

江村は冷めた表情で説明する。職業柄感情を読まれないようにしているのだろう。

「昨日からベレズツキを監視下に置いているということは、平林さんはその重要性を認識されているんですね」

岩城は江村に尋ねた。

「そのようですね。しかし、彼らにできることは、そこまでです。ただし、我々も余程の情報を集めない限り、ベレズツキの逮捕はおろか接触すらできないでしょう」

江村はゆっくりと首を振った。相手が外国籍なら裁判所も逮捕状には慎重にならざるを得ない。現行犯なら別だが、何も出来ないと言いたいのだろう。

「ベレズツキを逮捕しなくても、二人のマルガイの関係と真犯人が分かればいいでしょう。そこから先は、捜査課の力量でなんとかしてくれますよね」

山岡は岩城を見て言った。

「少なくともマルガイの役割が分かれば、捜査本部を立ち上げることも可能でしょうね」

大きく頷いた岩城は、穏やかに言った。捜査は困難が予想されるが、山岡を見ているとなぜか楽観的になる。一緒に仕事ができるというだけで、妙に安心感があるのだ。

「今度は、私からも情報提供させてください」

岩城の隣りに立っている真鍋が会話に入ってきた。江村から石井に接触した可能性があるロシア人の話を聞いたので、対抗心を燃やしているのかもしれない。

「もちろんです」

山岡は右手を上げて笑みを浮かべた。

「マルガイの後藤紀彦がレンタカーを借りた会社で改めて聞き込みをし、新たな情報を得ることができました。レンタカー会社に残されていた書類には、後藤のサインだけでしたのでてっきり一人で車に乗っていたと思い込んでいました。ところが、当時働いていた従業員に後藤の顔写真を見せたところ、同乗者がいたことが昨夜分かったのです」

真鍋は岩城を見てニヤリと悪戯っぽく笑った。外事課と打ち合わせと聞いたため、そこで披露しようと思っていたに違いない。岩城はあやうく「本当ですか？」と尋ねるところだった。

「そこで、レンタカー会社に戻って監視カメラの記録を調べ、映像を入手しました」

真鍋はポケットから出した写真を山岡に渡した。

「すばらしい。正面の顔が撮れている。元のデータをいただけますか？　警視庁で顔認証にかけます」

山岡は写真を見た後、真鍋ではなく岩城に渡した。岩城が驚いて右眉を微かに吊り上げたことで、写真の存在を知らなかったことに気付いたのだろう。

「データは名刺をいただいている岩城警部宛でよろしいですか？」

真鍋は岩城と山岡の顔を交互に見た。

「もちろんです。そうしてください」

山岡は何食わぬ顔で返事をした。

「ありがとうございます」

岩城は写真を確認し、真鍋に戻して礼を言った。岩城と加山と別れた後も、独自に捜査を続けてくれていたのだ。

「ベレズツキは網走港に近いロシア人専用の簡易宿舎に泊まっています。網走港には水産品等の輸入を目的としたロシア船が、寄港します。コロナの影響で、現在の宿泊率は限りなくゼロに近いようですが、ベレズツキはそこを根城にしているようです。簡易宿舎は表向きの稼業で、ロシアの諜報員の連絡所だと言われています。ちなみに網走港、紋別《もんべつ》港などは、古くからロシア船の寄港地となっています」

江村は淡々と説明する。道警の外事課はかなり前から簡易宿舎を警戒していたに違いない。

「簡易宿舎から百メートルほど離れた場所にある宿泊施設を借りていますので、そこに向かってください。網走市台町《だいまち》二丁目にある気象台のすぐ近くです。カーナビには気象台の駐車場を入力してください」

江村は口頭で場所を指定した。情報の共有化をしても文書に残さないようにするためだろう。同じ捜査機関でもやはり警察とはかなり毛色が違うらしい。

「了解です」

岩城は山岡と江村に頷くと、真鍋と仲田とともに東屋から出た。

5

午後七時四十分、網走。

岩城と山岡は、防寒ジャケットを着て交差点角にある四階建てのビルの屋上にいる。

二人とも建物の縁で腹這いになり、国道391号線を隔て四十メートルほど先にある煉瓦色の建物を見張っていた。

日没前の気温は九度だったが、六度まで下がっている。

岩城らがいるビルは国道391号線沿いにあり、以前はカーディーラーだったらしいが昨年の暮れに倒産したそうだ。網走署警備課の平林がビルを管理している不動産業者に協力を要請し、出入口の鍵を借りたらしい。

見張っているのは、ロシア人専用の簡易宿舎である。二階建てのコンクリート製の建物が、森から突き出たように建っている。長年の塩害で外壁は傷んでみすぼらしい。オーナーは網走在住の日本人の涌井康平《わくいこうへい》という土地持ちらしい。

国道391号線は海岸線に沿っており、陸側は鬱蒼とした森のベルトになっている。これは海風から街を守るために残してあるのだろう。

岩城らは気象台にほど近い宿で平林らと午後四時半に合流している。岩城らと合同捜査ということに平林は、かなり驚いたらしい。だが、道警本部が有無を言わさずに命令したため、素直に従っている。だが、岩城とは口をきこうともしない。

江村が手配していた宿は平屋のプレハブ住宅のような造りで、まるごとレンタルする仕組みになっていた。名前も〝レンタルハウス・エアー〟という。宿泊だけでなく、パーティースペースとしても使えるようだ。市内にある運営会社から鍵を借りる仕組みで、管理人も常駐していないためかえって都合がいい。

合同捜査といっても、今できるのは簡易宿舎を見張ることだけだ。網走署の警備課の捜査員も含めて十人いるので、二人一組になり、東京から来た岩城と山岡がペアになった。地元北海道の捜査員のペアは、張り込みを二時間とし、岩城らは寒さに弱いからと一時間とされたのだ。

「北海道を舐めていたな」

山岡が震えながら呟いた。気温は六度かもしれないが、オホーツク海の寒風が屋上を吹き抜けるので体感温度はさらに低くなる。

「あと二十分ですが、先に下に降りていてください。動きそうにありませんから」

岩城は防寒ジャケットだけでなく防寒用の下着を二枚重ね着して手袋もしているが、それでも寒さは感じた。重装備の岩城を見て地元の警察官は苦笑を漏らしたが、寒いものは寒い。彼らは東京でいえば、秋口あたりの薄着で平気らしい。

「馬鹿野郎。年寄り扱いするな。ただでさえ内地から来たと馬鹿にされているんだぞ。ここで寒いからと抜けたら今後の捜査にも支障をきたすだろう」

山岡は鼻息を漏らした。捜査を仕切っているため、弱音を吐きたくない気持ちは分かるが、体を壊しては元も子もない。

「確かに、東京者はひ弱だと思われますね」

岩城は溜息を漏らした。

「岩城警部」

屋上に仲田が現れた。緊張した顔をしているが、寒いせいではないだろう。

「どうした？」

岩城は体を起こした。

「網走市内で殺人事件がありました。張り込みは私が変わりますので、真鍋係長のところまで下りていただけますか？」

仲田はそう言うと、山岡の隣りに腹這いになった。

「失礼します」

岩城は軽く右手を山岡に上げた。

「了解」

恨めしそうに見ている山岡に肩を竦めると、中腰で非常階段に向かった。

国道391号線は海側のエリアより一段高くなっており、カーディーラーだった四階建てのビルの二階が正面出入口になっている。

交差点を海側に下ればビルの後方にある駐車場に入ることができた。そのため、車を一階の裏口に面した駐車場に停めれば、目立つことはない。

駐車場に停めてある真鍋のスバル・フォレスターに、ベレズツキが外出時に尾行できるように交代で二人の捜査員が待機していた。車内もエンジンをかけなければ、外気と同じ温度になる。風に吹かれないだけマシだが、きつい仕事に変わりはない。

「岩城警部。たった今、網走署の横山課長から網走川から土左衛門が上がったと連絡が入りました」

真鍋は浮かない顔をしている。現場に行くため、岩城らに気を遣っているのだろう。

「張り込みは残りの者でしますので、現場に急行してください」

岩城は手袋をポケットに捩《ね》じ込み、両手を自分の息で温めた。

「それが、ホトケに複数の刺し傷ありと聞きました。念の為見ていただきたいのです」

真鍋は岩城の顔を窺うように見た。

「複数の刺し傷？」

岩城は右眉を吊り上げた。真鍋は殺し方が、岩城が追っている二件の事件と似ていると言いたいらしい。

「しかし、現場に私まで行けば、網走署の横山さんらに怪しまれませんか？」

横山らには一昨日女満別空港で別れを告げたばかりである。その上、極秘捜査で網走にいることがばれてしまう。

「この際、網走署の横山課長も助っ人に加えましょう。彼なら信頼がおけます」

真鍋は簡単に考えているようだ。

「外事課との兼ね合いもありますから、とりあえず、こちらの捜査については伏せておきましょう」

「しかし、網走に我々がタイミング良く現れたら怪しまれますね」

真鍋はいまさらだが、腕組みをしている。

「間違いなく、怪しまれるでしょう。それなら、外事課には内緒で捜査していることにでもしますか」

岩城は頭を掻いた。

五分後、江村のプリウスで岩城らは南一条西に駆けつけた。張り込み所となっているビルから二キロほどと近い場所である。

ハンドルを握る真鍋は、車を護岸に停めた。数メートル先に二台のパトカーと鑑識課のバンが停まっており、制服警察官も大勢いる。

二人は車を降りると、規制線の手前まで進んだ。

「ここから先は入れませんよ！」

交通整理をしていた若い警察官が、岩城らに声を上げた。

「本部の真鍋だ。横山課長はいるかい？」

真鍋は警察手帳を見せて尋ねた。

「しっ、失礼しました。ご案内します」

警察官は真鍋の顔を見て慌てて敬礼すると、規制線のテープを持ち上げた。

「自分で行く」

真鍋が規制線を潜ったので、岩城も警察手帳を見せて続いた。

十メートルほど先の護岸の上にブルーシートが敷かれ、数人の鑑識課の作業服を着た警察官と私服の警察官が並んで立っている。引き上げた死体が野次馬から見えないようにしているのだろう。

「横山さん」

真鍋が私服警察官の背中越しに声を掛けた。

「真鍋さん。えっ！　岩城警部！」

振り返った横山が、二人を見て仰《の》け反《ぞ》った。周囲の警察官も横山の声に驚き、慌てて真鍋に頭を下げた。

「驚かせてすまない。連絡するつもりだったが、岩城さんと例の捜査で来ていてね」

真鍋は苦笑を浮かべて言った。

「そうなんですか。外事の件は大丈夫ですか？」

横山は岩城に近付いてくると、耳元で尋ねてきた。

「クリアしたというか、内緒です。勝手申しますが、事情は後ほどお話ししますので、ホトケを見せてもらえますか？」

岩城も小声で答えた。

「ちょうど、検視官が検分しているところです。それにしても現れるのがあまりにも早いので驚きましたよ」

「すみません」

「肥後《ひご》さん、ちょっと」

横山は死体の近くでハンドライトを手にしている年配の警察官の肩を叩き、耳元で何か囁いた。

「こちらに」

肥後は頷くと、死体の衣服をたくし上げた。左下腹部に無数の刺し傷がある。

「失礼します」

腰を落とした岩城はポケットから出した白手袋を嵌め、自分のペンライトを出した。死体に手を合わせると、死後硬直の状態から調べ始める。

「死後、五、六時間。……傷跡は五つ。傷跡から見て凶器は鋭利な双刃のナイフ。……ホシは左利きですね」

首に圧迫痕がないかも確認し、傷口を念入りに調べた。

「警視庁では、刑事が検視をされるんですか」

目を丸くした肥後は、岩城の検分に大きく頷いた。

「あっ！　真鍋さん」

最後に死体の顔を照らした岩城は、眉を吊り上げて真鍋を呼んだ。所轄に遠慮しているのか、真鍋は少し離れた場所に立っている。

「どうしました？　えっ！」

真鍋は岩城の背後から死体を覗き込み、声を上げた。

「後藤と一緒に北海道にいた男です。これで先に進める」

岩城は立ち上がると、ふっと息を吐いた。水死体のため、風貌が変わっているが間違いなく監視カメラに後藤と映っていた男である。

「顔認証でもヒットしなかったんでしょう？」

真鍋は首を傾げた。岩城はレンタカー会社の監視カメラに映っていた画像を本庁に送って調べさせたが、該当者はいなかった。もっとも、警視庁のデータはほとんどが犯罪者の顔なので、犯罪歴がなければヒットしない。

「ホトケは、後藤と東京から行動を共にしたのでしょう。とすれば、後藤が乗った航空便の履歴から身元は分かります。殺人となれば、フダは取れますよ」

岩城は立ち上がると、白手袋を外した。これまで殺人とは直接関係ない旅行で、捜査令状など裁判所からの命令書、いわゆるフダを取ることは困難だった。令状があれば、航空会社に情報の開示を求められる。

「これは、捜査本部を立ち上げられますね」

真鍋は手を叩いた。

「フダを手配します」

岩城はスマートフォンで加山に電話をかけた。

ロシアの影

1

十一月十五日、午後五時十分。文京区《ぶんきょう》。

加山と朱莉は、大手印刷会社である大東京印刷株式会社の十一階建てビルの応接室にいる。

一昨日の夜、北海道で極秘の捜査を行っている岩城から、被害者である後藤と行動をともにしていた男が殺されたと連絡が入った。そこで、後藤がレンタカーを借りた時刻から逆算して乗ってきた飛行機を割り出した。

昨日のうちに二便まで絞り込み、航空会社に情報の開示を求める情報開示命令を加山は今日の朝一番で裁判所に請求した。午後になって加山は情報開示命令書を手に穂花を伴って二つの航空会社を訪れ、後藤が八月八日に使用した航空便を特定している。

さらに後藤の隣席も含めて周辺の乗客の情報を得た。加山が穂花や朱莉と手分けし、その情報と行方不明者届のデータとを照らし合わせて秋野正志《あきのまさし》だと特定したのは一時間半前のことである。行方不明者届を出した新宿区に住む母親に会って勤め先を聞き出し、その足で加山と朱莉は大東京印刷に二十分前に辿り着いたのだ。

「加山さん」

朱莉に肩を揺さぶられた。

「うん？」

加山は目を開け、姿勢を正した。

「疲れているのは分かりますが、寝ていましたよ」

朱莉が隣りで苦笑を浮かべている。

「寝ていた？　ごめん」

加山は両手で頬を叩いた。二十畳ほどの部屋の中央に置かれている革張りのソファーに座っているのだが、あまりにもクッションがいいためつい居眠りをしていたらしい。早朝から裁判所や航空会社などを回ったせいで疲れているのだが、刑事としてはそれを言い訳にはできない。

ドアが開き、二人のスーツ姿の男が現れた。

立ち上がった加山と朱莉は簡単な挨拶をし、男たちと名刺交換をした。ちなみに穂花と朱莉は便宜的にプリンターで特命九係の名刺を印刷している。

「おかけください」

人事課長の名刺を出した千賀《せんが》が加山らに座るように勧め、自分達は上座に腰を下ろした。大企業に聞き込みに行くと、よくあるパターンである。

「行方不明者届を出されたご家族から、秋野さんのお勤め先はこちらだと伺いましたが、どういったお仕事をされていたんですか？」

加山は秋野の母親に会って話を聞いたが、分かるのは勤め先だけで仕事の内容までは理解していなかった。

「三ヶ月前に失踪した秋野が北海道で発見されたとお聞きし、大変驚いています」

千賀が、渋い表情で言った。

「彼はデジタル製版の技術者として、我が社では一番の腕を持っていたので残念でなりません。手前味噌になりますが、我が国の印刷技術は世界トップクラスで、我が社は業界トップです。秋野は文字通り、世界でトップクラスの技術者と言っても過言ではないでしょう。それだけに残念ですよ」

デジタル製版技術室の室長という肩書きを持つ和田《わだ》が、大きな溜息を漏らした。

「秋野さんは、八月八日に財務省理財局の後藤紀彦という人物と北海道に行かれたらしいのですが、お心当たりはありませんか？」

加山はやんわりと尋ねた。

「財務省理財局の後藤さん？　はて、存じ上げませんね。秋野は行方不明になる前日にいきなり一週間の休暇届を出してそのままですから」

千賀は首を横に振って見せた。さきほどの和田の褒め言葉と違って迷惑そうな顔をしている。

「財務省理財局とはお付き合いがありませんので、私も知りません」

和田も首を振った。二人とも反応は同じで、加山の視線を僅かに外している。

「そうですか。ご存知ありませんか」

加山は笑顔で聞き返した。

「後藤さんという人は、全然知りませんね」

千賀は両手を振って見せた。

「秋野さんは、腹部を五箇所も刺され、網走川に捨てられたようです。自殺ではなく、他殺、我々は殺人事件の捜査をしているんですよ。もし、後で新たな情報がこの会社から出たら、大変まずい立場にお二人はなるでしょうね。こちらで話を伺っているうちに答えた方がいいですよ」

加山は笑顔を消して言った。

「それは、脅しですか。大手企業に対して大胆ですね」

千賀と和田は、顔を見合わせて苦笑した。口裏を合わせようとしているのだろう。

「次回は令状を持ってきます。聞き取りは、狭い小部屋になりますよ。それでもいいのですか！」

眉間に皺を寄せた加山は口調を荒らげ、ガラステーブルを叩いた。

「はっ、はい！」

千賀と和田が同時に返事をした。彼らの顔から血の気が失せている。何かを知っていることは間違いない。

「財務省理財局の後藤さんを本当に知らないのですか？」

加山は再度尋ねた。

「本当に知らないんです。ただ、秋野は国立印刷局に勤めておりました。三年前にそこを退職して我が社に就職しました。昔の仕事関係の知り合いじゃないでしょうか」

千賀が恐る恐る答えた。国立印刷局は、日本の紙幣を印刷する独立行政法人である。

「国立印刷局。秋野さんが失踪される前に何か不審な行動はされませんでしたか？」

加山は両眉を吊り上げた。

「……実は、失踪する一ヶ月ほど前から、秋野は自主的に残業をしておりました。しかも、失踪後に彼が使っていたパソコンを調べたところ、データがすべて消去されていました」

和田は上目遣いで言った。

「こちらの設備で一万円札を印刷することは可能ですか？」

加山は唐突に尋ねた。秋野の前の職場が国立印刷局と聞いたからだ。

「我が社の高解像度スキャナーで一万円札のデータを得て、それを加工したとしても不可能です。日本の偽造防止技術は、十一もあります。そもそも、紙幣をスキャニングした時点でコンピュータに警告されて作業が出来ないようになっています。コンビニのコピー機と一緒ですよ」

和田は苦笑して見せた。素人が何を言っているのかと思っているのだろう。

「スキャナーをコントロールしているコンピュータのプログラムをいじれば、出来ますよ。多少心得があるハッカーなら簡単です」

朱莉は自身ありげに言った。

「ご冗談でしょう。我が社のシステムは日本一ですよ。第一、秋野は製版の技術者で、ハッカーじゃありませんから」

和田は鼻先で笑った。

「改変されていないか、お調べしましょうか？」

朱莉がすました顔で尋ねた。それだけに挑発的である。

「そこまでおっしゃるのなら、紙幣のスキャニングが出来ないことをお見せしましょう」

和田が険しい表情で立ち上がった。

「拝見しましょう」

加山も立ち上がって朱莉をチラリと見ると、朱莉は僅かに口角を上げて見せた。

二人は別の階に案内された。エレベーターを降りて通路の途中でセキュリティチェックを受け、「デジタル製版技術室」と記されたガラス張りの部屋に入るのに和田はドア横に自分の社員証カードをかざした。業界トップクラスと自慢するだけにセキュリティは厳重である。

部屋の奥にデジタル製版機と思われる大きな機械が置かれており、通路の両側にパーテーションで仕切られた六つの作業エリアがある。それぞれ、パソコンが置かれたデスクが設置してあった。ブルーの作業服を着た四人の男女が、働いている。

「デジタル製版機のすぐ手前の席が秋野くんの席でした。まだ、人材を補充していませんので、そのままになっています。まあコロナの流行で業績が落ちていますので、当分は採用しないでしょう」

和田は一番奥のデスクを指差した。パーテーションの背が高いので、背後から覗き込まない限りパソコンの画面を見ることはできないだろう。

「安井《やすい》くん、スキャナーを使うところをお客様に見せたいんだ」

和田は近くで作業をしている若い男性に指示すると、自分の財布から一万円札を出し、デジタル製版機の近くに設置してあるスキャナーのガラス面に載せた。

「室長、お札はスキャニングできません。デモをするのなら別のものにして貰えませんか？」

安井は不機嫌そうに言った。仕事の邪魔をされて腹を立てているらしい。

「分かっているから載せたんだ。スキャニングするとどうなるかお客さまに見せるのだ」

和田は手を振って促した。

「なるほど。まあ、すぐ警告画面になりますけどね」

安井は皮肉っぽく言うと、マウスを動かした。スキャナーは最初に対象物を簡単にスキャニングして確認した上で、高解像度のスキャニングを開始する。だが、事前のスキャニングが終わってもなぜか動き続けた。

「ええっ！」

安井が悲鳴にも似た声を上げた。彼のパソコンの画面に一万円札の画像がくっきりと写っているのだ。

「ばっ、馬鹿な！　どうなっているんだ！」

和田も声を上げ、安井のパソコンの画面を覗き込んだ。一万円札がスキャニングできたのだ。

「プログラムのセキュリティが外されたままになっているんですよ。誰もお札をスキャンしようとは思いませんから、これまで気が付かなかったのでしょう」

朱莉が首を振った。

「和田さん、本庁から鑑識を呼びます。この部屋から全員退出させてください」

加山は現場を保存するべく、和田に命じた。

「冗談は止めてください。そんなことをしたら、会社は大損害を出してしまう。損害賠償ものですよ。警察は責任をとれるのですか！　出ていくのは、そちらでしょう」

興奮した和田は、威圧的に言った。

「ここは、犯罪現場です。捜査を邪魔するようなら、公務執行妨害で逮捕します」

加山は表情も変えずにさりげなく手錠を出した。修羅場を潜ってきただけに、加山の腹は据わっている。

「めっ、滅相もない」

和田は社員とともに慌てて部屋を出ていった。

「鑑識は呼ぶけど、君はプログラムを見て確認できるのかい？」

加山はスマートフォンを出し、朱莉に尋ねた。鑑識課にプログラムの不正を見つけられるようなＩＴ技術者はいない。捜査課を支援するサイバー犯罪捜査官がいることはいるが、加山が電話一本で呼べる役職ではないのだ。

「たぶん、大丈夫です。改変箇所も見当がつきますから」

朱莉はポケットから白手袋を出しながら答えた。

2

午後午後五時二十分、網走。

元カーディーラーだったビルのガラス張りの二階は、昨日から中が見えないように工事用シートが貼られている。さらにビルの周囲には工事用のフェンスが張り巡らされていた。ビルの改装工事という名目で朝から工事車両が入り、目隠しをしたのだ。工事は偽装で、本格的に張り込み所として機能させるためである。

一階は修理工場として使われていたらしい。壁や床はオイルで汚れ、壊れた自動車の部品が壁際に置いてある鉄製のカゴの中に無造作に積んであった。汚れて油臭いが六十平米ほどと充分な広さがあるため、椅子や机が持ち込まれ、ノートPCが机の上に設置され張り込み所としては充分である。また、夜通し照明を点けていても地階にあたるので、国道側から気付かれる心配はない。

「監視カメラが暗視モードになりました」

椅子に座ってノートPCの画面を見ていた仲田が振り返って言った。

簡易宿舎の右手は駐車場になっており、左手は二メートルほど隔てて平屋の民家が建っている。平林の話では、簡易宿舎の出入口は正面玄関だけらしい。

駐車場が見えるこのビルの屋上と簡易宿舎正面が映るよう別のビルにも昨日から監視カメラが設置された。ノートPCで映像を見られるようにしたのだ。屋上で寒さに震えながら見張る必要はなくなった。張り込み三日目に突入し、システム化されている。

一階は張り込み所、ショールームだった二階は打ち合わせと仮眠ができるようにし、屋上での張り込みがなくなったこともあり三階と四階は使っていない。

「なかなかいいじゃないか」

岩城は足踏みをしながら仲田の背中越しに画面を見て言った。じっとしていると寒さで凍えてしまうのだ。

平林ら網走署の警備課のメンバーは、隣りの小部屋で待機している。彼らはベレズツキの車での尾行を担当していた。監視カメラを導入したことで、役割分担したのだ。

山岡は、真鍋と江村を伴い函館税関の網走出張所に朝から行っている。真鍋を連れ出したのは、山岡も江村も外事課の警察手帳を民間人に見せたくないからだろう。石井が貿易商社を営んでいたので、海外から船で何かを輸入したのではないかと山岡は疑っているらしい。岩城も同じ疑念を持っており、山岡が行かなかったら自分で出かけるつもりだった。

一昨日と同じく気温は六度まで下がっていた。夜中にはまだまだ下がるだろう。しかも、北側は車を出し入れするための大型シャッターがあるため、シャッターの下から隙間風が吹き込んでくるのだ。

シャッター横にある裏口の出入口が開き、段ボール箱を抱えた横山が現れた。

「夕食を持ってきました」

横山が壁際の長机の上に段ボール箱を載せた。買い出しを頼んであったのだ。遅れて彼の部下である福谷が両手に石油ストーブを提げて入ってきた。網走警察署長に許可を得た上で、二人には捜査に協力してもらっている。

「お待たせしました」

福谷はストーブを岩城の近くに下ろすと、別のストーブを手に出て行った。警備課が詰めている隣室に持っていくのだろう。

「殺人事件の捜査は、どうなっていますか？」

岩城は石油ストーブに点火しながら横山に尋ねた。空腹は我慢できるが、寒さは限界なのだ。

「昨日に引き続き網走川の上流の河岸を二十人態勢で調べています。まあ、ホシがプロなら何も出てこないでしょうが」

横山は段ボール箱から弁当を取り出しながら答えた。

「ホシは同じ手口で三人を殺したことで、犯行は俺だと言っているようなものです。関係者を脅すためか、よほどの偏執狂なのでしょう。どちらにせよ殺害方法を誇示することで、冷静に行動しているようでも何かボロを出す気がしますね」

岩城は火が点いた石油ストーブに手を翳《かざ》した。

ポケットのスマートフォンが着信音を鳴らした。画面を見ると加山からである。

「どうした？　……本当か！　……驚いたな。ありがとう。引き続き頼む」

岩城は加山から報告を受けながら右拳を握りしめ、通話を終えた。

「何かありました？」

横山は岩城に近付いて尋ねた。

「殺された秋野が何をしたのか分かったようです。平林さんも呼んでください」

岩城はスマートフォンを出しながら指示した。

「私です。加山から報告が入りました」

山岡に電話を入れると、すぐさま本庁の捜査第二課の顔見知りの刑事に電話を掛けた。

電話中に、横山が平林を伴って戻ってきた。二人に座って待つように右手で椅子を指差した。

「お待たせしました。彼らと会話する前に情報を得る必要があるのだ。一昨日発見されたマルガイは、秋野正志というデジタル製版の技術者でした。大東京印刷株式会社に勤めていましたが、三年前までは国立印刷局に勤めていたそうです。裏は取っていませんが、前の職場で財務省理財局の後藤紀彦と面識があったと考えられます。また、秋野の職場のコンピュータのプログラムが改変されて紙幣のデータ化が可能になっていたそうです」

通話を終えた岩城は、頭の中で整理しながら説明した。

「秋野は偽札の原版を作った可能性があるということですか？」

横山は困惑の表情で尋ねた。三件の殺人とロシアの諜報機関が関わる大掛かりな事件ということは分かっているが、それが偽札作りだとすれば話は変わる。数年前まで中国で製造された偽札が日本で発見されて騒がれた。

「偽札作りに関係していると見て間違いないでしょう。ただ日本の偽造防止策は、一万円札の場合、すかし、超細密画線、凹版印刷、ホログラム、すき入れバーパターン、潜像模様、パールインキ、マイクロ文字、特殊発光インキ、深凹版印刷、識別マークの十一項目あります。この中で特殊なインクを使うことで凹版印刷、深凹版印刷、識別マークは似たものが作れるそうです。また、すかしもある程度再現できるらしいですね。不可能ではありませんが、再現が難しいのは、ホログラム、パールインキ、特殊発光インキだそうです」

岩城はメモ帳を見ながら説明した。本庁の捜査第二課で通貨偽造の捜査に携わったことがある倉田《くらた》という刑事に確認したのだ。

「両面コピーした偽造紙幣でも受け取ってしまう人がいます。プロが作っていたら、銀行は無理でも一般市場で流通可能になりますね」

横山が腕組みをして頷いた。

「現在の超精密印刷機を使えば、見た目はまったくわからなくなるそうです。ただ、問題なのは紙です。人間は意外と指先の感覚が優れており、手触りでバレてしまうからです」

岩城は偽札を刷るための紙に着目していた。第二課の倉田の話では、偽札作りの材料は国内でほとんど揃えることが可能だそうだ。また、紙もある程度似たものを購入することができるが、市販されていないため大量に発注すれば製紙会社や仲介業者に疑われるらしい。

「これだけ、情報が集まれば警視庁との合同捜査本部が立ち上げられますね」

横山は嬉しそうに言った。

「捜査員の数は増やすべきですが、難しいでしょうね。偽札で捜査本部を立ち上げればマスコミ対応も必要になります。ロシアの諜報機関が関わっているとすれば、それはできないでしょう」

岩城は首を横に振った。下手にロシアの名前を出せば、国際問題になる。

「マスコミに漏れたら、ホシは国外逃亡するでしょうな」

横山は腕組みをして唸った。網走で殺人事件ということで、札幌からテレビクルーが来ているそうだ。連続殺人となれば、日本中から報道関係者が押し寄せるだろう。

「江村さんが、本部の六人の捜査員を手配したそうです。二、三時間後に合流できるでしょう」

山岡に報告した直後に江村が助っ人を要請したと折り返し連絡が入っていた。

「捜査が大詰めを迎えた気がしますな」

横山が呑気なことを言っている。

「本番は、これからですよ。気を引き締めていきましょう」

岩城は右拳で左の掌を叩いた。

3

午後五時四十分、網走港。

函館税関の網走出張所は、網走港港湾管理事務所内にある。

山岡は、出張所の片隅で折りたたみ椅子に座っていた。指示はするがなるべく地元警察に任せて前面に出ないようにしているのだ。

山岡は石井が北海道に滞在していた八月二十六日から二十八日までの間に網走港に何か貨物が届き、それを石井本人が受け取ったのではないかと疑っていた。

だが、その三日間、網走港には貨物船すら寄港していないというのだ。網走港は、外国の漁船や遠洋漁業船の寄港地として機能しており、普段から貨物船が出入りすることはあまりないらしい。

そこで、税関のネットワークを使って石井の南港貿易が受け取る貨物が日本の港に到着していないか調べてもらった。すると、八月二十四日に岡山県倉敷《くらしき》市にある水島《みずしま》港で、南港貿易が中国の貨物船からコンテナを一つ受け取っていたことが判明した。現地の税関に確認してもらったところ、石井本人が受け取りのサインをしていたのだ。

石井は岡山でコンテナを受け取り、それをトラックで別の場所に発送して二日後には羽田空港から北海道に発ったらしい。

日本にはコンテナ貨物輸送をする運送会社は九百社以上あり、岡山では十数社の登録があった。石井が密輸に関わっているため、コンテナの行方を追って欲しいと税関職員に捜査協力を要請してある。水島税関支署の職員は、地元企業に手当たり次第に問い合わせて照会してくれたのだ。

石井が高畠興運《たかはたこううん》という運送会社に、輸送を依頼したことがすでに分かっている。現在、高畠興運で八月二十四日の伝票を調べてもらっていた。

「返信が来ました。コンテナは、二日後に函館港へ移送されたそうです。石井はコンテナの受け渡しに立ち会っています」

税関職員がパソコンでメールの確認をした。

「まさか。そんなことができるんですか？」

真鍋は驚いて山岡を見た。

「羽田発六時台の便に乗れば、八時台に札幌に到着します。その後、札幌発九時十五分の函館行きの直行便なら九時五十五分に到着し、タクシーで港に直行。コンテナの積み替えに立ち会って、十二時十分函館発札幌行きの便に乗れば、札幌には十二時五十分に到着しますね」

山岡はスマートフォンで航空便を調べながら呟いた。

「そういえば、レンタカー会社に残されている石井の契約書の作成時間は確か十三時二十分になっていました。のんびりとした一人旅と思っていたので疑いませんでしたよ」

真鍋は渋い表情で言った。

「やられましたね。石井のスマートフォンの情報で札幌から出発し、網走方面に旅行をしたと思い込んでいました。実際は札幌から一旦函館に行き、コンテナの積み替えをしたようです。石井の場合、コンテナの移送を誤魔化すために北海道旅行を装ったのでしょう」

山岡は鼻先で笑った。

「そこから先はどうなっていますか？」

真鍋は職員に尋ねた。函館港なら貨物船に載せた可能性もある。

「函館税関に問い合わせますので、少々お待ちください」

職員はパソコンのキーボードを叩いている。直接電話する様子はない。捜査協力を頼んでいるので仕方がないのだが、いい加減待ちくたびれた。山岡らは午前十時過ぎに来ているのだ。

「すみませんが、電話で確認してもらえませんか？　急いでいるんですが」

山岡は職員の脇に立ち、耳元で頼んだ。

「えっ。……いいですけど、とりあえず資料は送らないと駄目なんですよ。電話では録音しない限り何も残りませんから」

職員はうるさそうに山岡を見た。忙しい仕事の合間に余計なことをさせられているという気持ちがあるのかもしれない。

「お手数ですが、なんとかお願いできませんか？　殺人事件の捜査なので」

山岡は眉を下げて、すまなそうに言った。

「分かりました。南港貿易でしたね」

職員は口をへの字に曲げ、溜息を漏らした。山岡らに事務室にいられることにうんざりしているのだろう。お互い様だが。

「十分ほど待つように言われてしまいました」

電話を掛けた職員が肩を竦めて見せた。

山岡のスマートフォンが着信音を鳴らした。岩城からの電話である。さきほど加山からの報告を聞いたばかりである。

「山岡です」

いつものごとく抑揚のない声で出た。

――山岡さん、紙ですよ。石井は中国から紙幣を刷るための紙を輸入したんじゃないですか？　中国の製紙業は近年急速に発展し、世界第二位のシェアを持っているそうです。技術力もアップしているらしいです。

岩城の声はいささか興奮気味である。彼の推測はただの勘ではない。確信を持っているのだろう。

「先進国の紙幣は、偽造防止に非木材パルプを使っている。手触りが違うのはそのためだと聞いたことがある。普通の製紙会社では作れないはずだ」

山岡は首を横に振った。非木材パルプとは、主に楮《こうぞ》、三椏《みつまた》などである。

――だから中国なんですよ。国内では違法でも、他国に輸出すれば発覚は免れます。中国は偽造大国です。何があってもおかしくはありませんよ。

岩城は自信ありげに言った。

「そういえば、中国の偽札の話はよく聞くな。裏で国営の印刷業者、あるいは関係者が関与している可能性もあるということか」

山岡は頷いた。

中国では両替商だけでなく、銀行のATMから偽札が出てくることがあると言われている。日本では考えられないことだが、けっしてATMの性能が悪いわけではなく、それほど精巧な偽札が作られているということだ。闇で偽札が大量に売買されているとも言われている。また、北朝鮮の〝スーパーノート〟と呼ばれる偽人民元が流通したこともあった。中国でキャッシュレスが発展した理由はそこにある。国民は現金を信用していないのだ。

むろん人民元だけなく、先進各国の紙幣も偽造されている。二〇一六年と二〇一七年に日本や韓国で中国製の偽ドル札が発見された。最近では二〇二一年二月に米国税・国境警備局は中国から送られてきた郵便物から十万ドル以上の偽ドル紙幣を押収している。

――中国の公安部の知り合いに問い合わせてみます。

「まだ付き合っているのか？」

山岡は小声で尋ねた。二年ほど前に岩城は殺人事件の捜査で中国に行き、公安部出入境管理局の女性職員の協力を得ている。事件が解決した後も岩城は付き合っていたようだが、一年以上浮いた話は聞いていない。

――まさか、仕事上の付き合いですよ。また、連絡します。

機嫌を損ねたのか、岩城から通話を切られてしまった。真剣に交際していたのかは知らないが、岩城は妻を亡くしてから女性に興味がなくなっているように見える。

「何か情報が入りましたか？」

傍の椅子に座っている真鍋が尋ねてきた。彼も長時間他人の事務所に詰めていることに疲れているらしい。江村も山岡の隣りの椅子に所在なげに腰掛けている。

「岩城警部からの連絡で、石井は偽札作りに欠かせない紙を中国から輸入した可能性があると助言されました。おそらく捜査二課の専門家から情報を得たのでしょう」

山岡は二人に岩城の話をかいつまんで話した。

「なるほど、石井は輸入業者でしたね。紙以外にも違法な商品を輸入していたのかもしれませんな」

真鍋は腕組みをすると、ゆっくりと息を吐いた。頷いたようだが、かなり疲れているらしい。

「函館税関から連絡がありました。南港貿易の石井さんの指示で、港に到着した高畠興運のコンテナトラックから、八トントラックに積み替えられたそうです。ただトラックは運送業者のものではなかったそうです。港を中継させたのは、コンテナ専用のクレーンを使う為だったのでしょう」

職員は山岡の電話が終わるのを待っていたらしく、一気に話した。話し中に職員が電話に出ていたらしいので、催促した甲斐があったようだ。

「追跡は困難ということですか？」

山岡は射るような鋭い目付きで尋ねた。

「ねっ、念のために港内の監視カメラを確認してくれるそうです」

職員は山岡の視線に驚いたように慌てて答えた。

「積み替えているのを目撃した職員の方に聞いて欲しいのですが、積荷はなんだったんでしょうか？」

山岡は遠慮がちに尋ねた。

「それは聞いています。運び出す前に積荷を確認した職員の話では大きなロール状の紙だったそうですよ」

職員は苦笑して答えた。密輸品と言われて協力していたのに、ただの紙と聞いて肩透かしを食らったのだろう。

「紙！　そうですか、ありがとうございます」

山岡は真鍋と江村に小さく頷いて見せた。

4

午後七時十分、網走。

岩城は元カーディーラーだったビルの一階でノートPCの監視映像を見ていた。張り込みの順番が回ってきたのだ。すぐ近くに石油ストーブが置かれているので、足元はまだ冷えるが上半身が暖かいので眠気を感じる。

「缶コーヒーでも飲むか？」

隣りの長机で自分のスマートフォンを見つめていた山岡が、欠伸《あくび》をしながら言った。

山岡と江村、真鍋は一時間ほど前に戻っており、岩城は再び山岡とコンビを組まされている。単純に寒さに弱い東京者同士としてだが、打ち合わせができるので都合はいい。

真鍋や仲田、横山、福谷の四人の刑事は二階で仮眠や休憩を取っているはずだ。

「そうしますか」

岩城はノートPCの画面を見たまま答えた。

「了解」

山岡は腰を拳で叩きながら立ち上がった。

函館税関の網走出張所で、石井が中国から輸入したコンテナは函館まで運ばれたことまで突き止めた。石井はコンテナに積み込まれていた印刷用の紙を八トントラックに移し、どこかに搬送したようだ。だが、トラックを特定することは結局できなかった。

山岡は長机に載せてある段ボール箱から缶コーヒーを二つ取り出した。段ボール箱には真鍋が買い出ししてきた食料が入っている。暖かい食べ物はないが、飲み物やスナックはまだ残っていた。

「外事課は別行動を取っているようですが？」

岩城は山岡から缶コーヒーを受け取るとさりげなく尋ねた。江村は部下と共に捜査に出かけている。山岡はスマートフォンで彼らとメールのやり取りをしているらしい。江村から捜査の報告を受けているに違いない。

「マルガイの後藤は、製版技術者の秋野を北海道に連れてきた。秋野は偽札の製版データを持っていたのだろう。同じく殺された石井は印刷用の紙を持ち込んだ。偽札に限らず印刷に必要な物は、他に何があると思う？」

山岡は缶コーヒーのタブを引き起こして尋ねた。

「むろん印刷機がある工場でしょう。北海道のどこかの印刷工場に持ち込んだに違いありません。しかも、技術者である秋野が殺されたということは、印刷機に版が取り付けられて秋野は用済みになったからでしょう。試し刷りも済んでいる可能性がありますね」

岩城は答えてはっとした。印刷工場は北海道にも沢山ある。それだけに特定できないと思っていた。だが、高解像度のデジタル製版技術を持っている会社ならある程度絞り込めるはずだ。

「君の考えている通り、高解像度のデジタル製版印刷機がある工場は、限られている。江村に、該当する印刷工場の関係者に聞き込みを頼んだのだ。時刻も遅いから、そろそろ引き上げてくるだろう。明日は私も聞き込みに加わるつもりだよ」

山岡は椅子に座ると、コーヒーを飲んだ。

「待てよ。高解像度のデジタル製版印刷機を扱うような会社は、そこそこ大きな会社ですよね。偽札作りに手を出しますかね？」

岩城は自問するように言うと、缶コーヒーに口を付けた。社員全員が偽札作りに手を貸すか、口封じをする必要がある。

「大手ではないだろうな。せいぜい従業員が三、四人の中堅以下の企業だろう。あるいは、マエがある人材を集めたのかもしれないぞ」

山岡はふんと鼻息を漏らした。マエとは前科のことである。

「江村さんが聞き込みをしているのは、営業している会社だけですか？」

岩城は首を傾げた。

「どういう意味かな？」

山岡は怪訝な表情で聞き返した。

「偽札作りは罪が重い。偽札を作るために機材を準備しただけでも罪に問われます。印刷業界の人間なら誰でも知っているはずです。マエもちを集めて印刷するというのは私も同意見です。主犯は、近年倒産した印刷会社を買い取って、マエもちを使っているとしたらどうでしょうか？」

岩城はコーヒーを飲み干すと尋ねた。新型コロナの流行でこの一、二年で倒産した印刷会社はあるだろう。

「……大いにあり得るな。むしろ、それを考えるべきだった」

山岡は手を叩き、スマートフォンを手に立ち上がった。江村に連絡するつもりだろう。

「倒産した印刷会社を見つけ出すのなら地元警察にも頼るべきでしょう。外事課ではこれ以上人手を増やすことはできないでしょう」

岩城は自分の顔の前で手を振った。

「……それもそうだな。外事課はそもそも頭数が足りない」

一瞬考えた山岡は大きな溜息を漏らし、スマートフォンを仕舞った。

「真鍋さんに連絡しますよ」

岩城は真鍋に倒産した印刷会社を探すように依頼した。

「そろそろ映像の監視を代わろうか？」

山岡は岩城の傍に立った。

「どうせ、誰も出てきませんよ。二階の角部屋の照明は一昨日の夜から点いたままで変わりませんから……」

岩城は頰をぴくりとさせ、首を傾げた。

「どうした。動きがあったのか？」

山岡は岩城を脇に退かせ、ノートPCを覗き込んだ。

「一昨日、張り込み所を立ててから誰も外出しないのはおかしくありませんか？　いやそれ以前から出ていないはずだ」

舌打ちをした岩城は部屋を出た。

平林はベレズツキが簡易宿舎に入ったのを確認し、張り込みをしている。ほぼ三日間外出していないはずだ。

「何で気が付かなかったんだ」

岩城は階段を上りながら独り言を呟いた。

二階のガラス張りのショールーム右手に、両開きの正面玄関とは別のドアがある。岩城はそのドアから外に出ると、工事用フェンスの隙間から抜け出した。

「おい、待て、岩城。どこに行く？」

山岡が追いかけてきた。

「確かめるんですよ」

岩城は簡易宿舎に向かって国道を渡った。

「確かめるって、踏み込むつもりか？　何を考えている。捜査をぶち壊す気か！」

山岡は小声で喚きながら岩城を追いかける。

簡易宿舎の右手は駐車場で、左手は二メートルほど隔てて平屋の民家が建っている。だが、雑草や木が生い茂っており、通り抜けできそうにない。

「『ぶち壊す』って捜査を？　そうかもしれませんね」

岩城は山岡を無視して駐車場から簡易宿舎の裏側に回り込んだ。背後は鬱蒼とした漆黒の森があり、海風にざわめいている。

ハンドライトを出して建物の裏側を照らした。

「むっ！」

岩城は眉を吊り上げると、ジャケットのポケットから白手袋を出して嵌めた。壁の一部に血痕らしきものが付いているのだ。よく見ると壁と見分けがつかないドアがあり、木製のドアノブもある。近寄らなければ、ドアとは気付かないだろう。ドアノブを引いたが、鍵は掛かっていない。

「血は固まっているな。時間が経過している」

山岡もハンドライトを出し、ドアノブの上部の血痕を照らした。偽装したドアノブは摑みにくいため、血の付いた手でドアを直接押したに違いない。

「山岡さん。真鍋さんたちを呼んで正面玄関を固めさせてください」

岩城は山岡に指示し、別のポケットから特殊警棒を出した。機動捜査隊は別として刑事は命令と許可が下りない限り拳銃は所持できない。特殊警棒が唯一の武器である。

山岡は裏口で血痕を発見したと真鍋に伝え、応援を要請した。建物の中で犯罪が予見できる場合、法の解釈にもよるが警察官は令状がなくても踏み込める。

数分後、岩城のスマートフォンが震えた。

「岩城です」

――こちら真鍋。位置につきました。踏み込みますか？

「突入は我々だけで行います。裏口に二人寄越してください。建物から誰も出したくないんです」

岩城は、山岡をちらりと見て言った。

「我々だけでね」

苦笑した山岡は、白手袋を嵌めて自分の特殊警棒を出した。

「お待たせしました」

駐車場を回り込んできた横山と福谷が到着した。

「頼みます」

横山に頷くと、岩城は山岡ともども特殊警棒を勢いよく振って先端を出した。

横山は白手袋を嵌めると、ドアをゆっくり開けた。廊下に照明が点いており、土足で上がれるようだ。

岩城と山岡は、ハンドライトを仕舞って建物に侵入した。廊下は真っ直ぐ玄関まで続いており、両側に四つずつドアがある。二人は近くのドアノブを回し、施錠されているのか確認しながら廊下を進んだ。だが、どの部屋も鍵が掛かっていた。

岩城は玄関手前の無人のフロントの前で立ち止まった。カウンターの後ろに一昔前の格子状の鍵の棚がある。

岩城はカウンターに手を突いて身を乗り出し、鍵の棚に記されている小さな部屋番号を見た。番号があるのに鍵が入っていない棚があるのだ。

「二〇四号室の鍵だけないですね。むっ！」

岩城は眉間に皺を寄せた。姿勢を戻す際に、フロントの床に白人の男が倒れていることに気が付いたのだ。しかも、腹部から大量の血を流している。

「なっ」

山岡はフロントの横から中に入ってハンドライトで白人の瞳を照らし、首を横に振った。

「二〇四号室に行きましょう」

岩城は特殊警棒を手に、フロント脇の螺旋階段を駆け上がった。構造は簡易というか粗末だが堅牢な造りである。築二十年以上は、経っているだろう。

二人は国道側の『204』と記された部屋の前に立った。照明が点けっぱなしになっている部屋だ。

山岡がドアを開けた。

岩城は特殊警棒を握りしめて突入する。

正面にベッドがあり、赤いシーツの上に男が仰向けに倒れていた。

「くそっ！」

岩城は舌打ちをした。ロシア人と思われる男が、腹部を数カ所刺されている。赤いシーツに見えたのは、血で染まっていたのだ。

「イゴール・ベレズツキで、間違いないな」

いつの間にか山岡は、パスポートを見ていた。すぐ近くに置いてあるスーツケースから取り出したのだろう。

「口封じか」

岩城は特殊警棒の先端を荒々しく壁に押し当てて戻すと、ポケットに仕舞った。

「ホシは我々の動きを察知し、先手を打ったのかもしれないぞ」

山岡は表情もなくパスポートをスーツケースに戻した。

5

午後七時二十五分、網走。

簡易宿舎の前には、所轄のバンが一台停まっている。

横山が署長に連絡をし、鑑識課だけ呼び寄せた。警察官なら大勢いるからだ。

岩城と山岡だけでなく、監視活動をしていた捜査員らはほぼ全員で宿舎の周囲で現場を保存するための作業をしている。元カーディーラーの張り込み所は、意味がなくなったため引き払ったのだ。

「これで、また手掛かりが消えましたな」

真鍋は首を振ると、白い息を吐き出した。気温は五度ほどに下がっている。

駐車場に日産のエルグランドが入ってきた。

「署長のお出ましです」

横山が岩城の耳元で囁いた。

エルグランドの運転席から年配の制服警察官が現れた。肩を怒らせ、真鍋に向かって近付いて来る。網走警察署長の久保田《くぼた》のようだ。

岩城は電話では挨拶をしているが、面識はない。現場に署長が来るという状況は、好ましいとは言えない。

「たった三日で、三件の殺人事件が起きた。本部への報告はどうなっている？　こそこそ捜査をしているから、こんな事になったんじゃないのかね？」

久保田は右手を振り上げ、真鍋を怒鳴りつけた。

「本部長にはその都度連絡を入れています。捜査本部こそ立ち上げていませんが、警視庁、道警本部、網走署の合同捜査をしているんです。私が勝手に捜査をしているのではありません」

真鍋は表情を消し、抑揚のない口調で答えた。腹を立てているのを悟られないようにしているのだろう。長年刑事をしていると、たまにそんな状況になることがある。

「そんなことは、分かっている。だが、マルガイが三人も出た以上、マスコミに発表せざるを得ないぞ。所詮、極秘捜査なんて無理だったんだ」

久保田は険しい表情で言った。真鍋に正論を言われて腹を立てたのだろう。

「お話し中、失礼します。警視庁の岩城です」

岩城は真鍋の横に立って言った。

「きっ、君が、岩城くんか。……今後、捜査をどうするつもりなんだね？」

久保田は驚いた様子で態度を改めた。岩城は道警の警察官ではないので、多少は気を遣っているらしい。

「マスコミには、事実だけ知らせてください」

岩城は落ち着いた声で言った。時間が遅いのでマスコミ対応は、明日の朝からということになる。事実を報道されても問題ないだろう。

「捜査に支障は出ませんか？」

真鍋が不安げな表情で尋ねた。

「警察の監視下にあると分かっていて、ホシは殺しをやってのけました。というか、監視下にあるからこそベレズツキの口を封じたのでしょう。警察に知られようが、マスコミに知られようがお構いなしです。それに関係者の口封じを急いでいる理由は、彼らが偽札を刷り終えたからでしょう。彼らの計画はゴールに近付いていると見るべきです」

岩城は淀みなく答えた。

「それじゃ、ホシは大量の偽札を国内にばら撒くのか、あるいは国外に持ち出そうとしているのか？」

久保田は両眼を見開き、聞き返してきた。

「印刷を終えてもインクを乾かし、裁断する作業もあります。また、束にして梱包までは時間が掛かると思います。とはいえ、明日、遅くとも明後日には移送されるでしょう。勝負は二十四時間というところだと思います」

岩城は久保田の目を見据えて言った。

「了解した。手伝えることは何でも言ってください」

久保田は口を一文字に結んで頷いた。


午後八時十五分。警視庁〝デジタル保管室〟。

加山と穂花と朱莉の三人は、自席で仕事をしていた。

三人とも帰ろうとしていたが、一時間近く前に岩城から捜査を手伝ってほしいと連絡があったのだ。

「おかしいわね。四件ヒットしたけど、デジタル製版を扱っていない旧式の印刷会社ばかり。そっちはどう？」

穂花はキーボードから手を離して隣席の朱莉に尋ねた。

「デジタル製版の会社を一社見つけたけど、倒産したのが十月二十九日なの。都内の二つの殺人事件があったのは、九月三日と十月二十七日よ。彼らの死が、偽札に関係しているのなら、印刷会社の倒産は八月辺りだと思うの」

朱莉は浮かない顔で答えた。

岩城から一年前まで遡って、倒産した印刷会社を探して欲しいという依頼である。そこで、穂花と朱莉はインターネット上で倒産情報を出している様々なサイトを検索しているのだが、適合する会社はまだ見つかっていない。加山は、一課長から紹介された東京の経営コンサルタントに電話し、情報を集めている。

「やっぱり駄目か」

通話を切った加山は、首をぐるりと回した。

「そっちも収穫なしでしたか？」

穂花は加山に尋ねた。

「東京の経営コンサルタントは、北海道の情報をあまり持っていないそうだよ。明日北海道の同業者に連絡してくれるそうだ。今日はここまでだね。そっちは、どうなんだい？」

加山は大きな欠伸をした。

「デジタル製版の会社を一社見つけました。でも、倒産したのが十月二十九日なんです」

朱莉は肩を竦めた。

「せめてその一ヶ月前だったらよかったのにね。惜しいよ。ちなみに所在地はどこなんだい？」

加山は椅子の背を倒し、天井を見上げながら尋ねた。

「美幌町《びほろちょう》の郊外です」

朱莉は自分のノートＰＣを見ながら答えた。

「美幌町？　網走から近いね。だけど、馬鹿にするわけじゃないけど、小さな街だよ。そんなところにデジタル製版印刷機を持ってる会社があったなんて、信じられないな」

加山は自分のパソコンで地図を立ち上げて首を捻った。

「三つの地元企業が、二年前に町おこしでドイツ製のデジタル製版機を導入し、『北海デジタル印刷会社』という工場を作ったそうです。美幌町なら土地代と人件費は安いですから。それに女満別空港に近く、ＪＲの石北《せきほく》本線も通っています。目の付け所は悪くないですね」

朱莉はノートＰＣ上の情報を読んだ。

「土地代と人件費が安く、意外と交通アクセスもいいのか。急ぎの印刷じゃなければ、儲かりそうな気がするね。でも、結局倒産したんだよね」

加山は下唇を突き出し、首を傾げた。

「大手印刷会社の下請けとして稼働する予定だったのですが、新型コロナの影響で予想された受注の半分も得られずに負債を抱えて倒産したようです」

朱莉の調べているサイトは、かなり詳しく書き込んであるようだ。

「開業してから赤字続きで倒産か。だが、黒字を出さずによく二年も持ち堪《こた》えたな」

加山は立ち上がり、朱莉の背後からノートＰＣの画面を覗き込んだ。

「最初の一年は赤字幅も少なく、今年に入って融資を受けていたようです」

朱莉はキーボードを目まぐるしく叩き始めた。画面は何かのプログラムらしい。

「ひょっとして、ハッキングでもしている？」

加山は訝しげに朱莉を見た。

「嫌だ！　他人のパソコンを見ないでください」

朱莉はノートPCを閉じると、振り返って加山を睨みつけた。

「加山さん、セクハラ」

穂花が面白がって揶揄った。

「かつ、勘弁してくれ。続けてくれたまえ」

加山はうわずった声で言うと、自席に戻った。

「融資先も分かりましたが、とりあえず、現段階のデータということで岩城さんにメールで送りますか？」

朱莉はすました顔で言った。

「現地の警察も動いているはずだから、情報を共有すれば、何か見えてくることもあるからね」

加山は深く尋ねずに返事をした。融資先がインターネット上に表示されているとは思えない。朱莉は北海道の地銀か信用金庫のサーバーをハッキングしたのだろう。違法行為だが、裁判で必要なら後で情報公開請求か令状を取れば問題ない。注意するとしたら、岩城に任せたほうがいいだろう。

「了解です。送りました」

朱莉はマウスをダブルクリックし、メールを送った。


午後八時三十分。〝レンタルハウス・エアー〟。

岩城は、地元警察に任せて殺人現場となった簡易宿舎から引き上げていた。

当初簡易宿舎を見張るために借りたが、元カーディーラーが張り込み所になったため不要になった。だが、とりあえず四日間レンタルしてあるので、岩城と山岡だけ泊まることになったのだ。

山岡は小腹がすいたと江村とこの時間でも営業している焼肉屋に行っている。腹も減っているかもしれないが、今後の捜査の打ち合わせをしているのだろう。

室内は八十平米ほどの広さがあり、寝室にはシングルベッドが三つ置いてある。リビングスペースには簡易なキッチンも付いているので長期の宿泊もできるようだ。

「風呂にでも入るか」

暖房が効き始めたので、防寒ジャケットを脱いだ。誰も使っていなかったので、室内は外気と変わらなかったのだ。

「おっ」

ジャケットからスマートフォンを抜き取った瞬間、振動した。メールの着信である。

岩城はベッドに座ってメールを開いた。

朱莉からのメールで、一社だけ倒産した印刷会社を見つけたという。倒産した印刷会社は網走署の刑事部が総力を上げて網走だけでなく、近隣の街にある役所や地銀や不動産会社などを回って調べることになっていた。すでに夜になってしまったので、明日の早朝から始める。岩城は加山らにインターネット上で調べられる情報がないか、駄目元で頼んであったのだ。

「北海デジタル印刷会社、美幌町。倒産は十月二十九日か。どこかで……。待てよ！」

メールに記載されている情報に目を通していた岩城が、首を捻った末に声を上げた。

倒産前に網走にある〝北方興産《きたかたこうさん》〟という不動産会社から融資を受けていた。その会社の社長は、涌井康平と記されている。どこかで聞き覚えがあると思ったのだが、殺人事件の現場となった簡易宿舎のオーナーと同じ名前なのだ。

岩城は防寒ジャケットを着ると、スマートフォンを手に部屋から飛び出した。

6

午後十時二十分。

岩城は美幌町郊外の国道沿いに停められた網走署のバンの後部座席に乗っていた。

朱莉が送ってきた情報を北海道警察本部長と網走警察署長にも送り、北海デジタル印刷会社の捜査を許可されている。だが、捜査令状が取れていないため、張り込みのみと制限されていた。

北海デジタル印刷会社は美幌町の北に位置し、国道39号線沿いの敷地は深い森に囲まれている。印刷会社は揮発性のインクや印刷機の稼働音などが問題視されるが、この印刷工場の近くに住宅はないので苦情はこないだろう。

「なんとか踏み込めないかな」

岩城の隣りに座っている山岡は溜息を吐いた。

二人が乗り込んでいるバンは、ヒーターをつけるためにエンジンを掛けたままになっている。だが、排気ガスが人目につくために印刷会社から三百メートルほど離れた自動車修理工場の前に停めてあった。

外気は四度まで下がっており、暖房なしでは岩城と山岡は耐えられそうにないからだ。岩城が「二十四時間が勝負」と忠告したので、二十人近い捜査員が張り込みに付いている。もはや岩城と山岡に出る幕はないのだ。

「無理でしょう。別件で引っ張るにしても、中に人がいるのかも分かりません。無人だとしても侵入すれば、不法侵入になります。現段階では何をしても違法捜査になりますよ」

岩城は首を横に振った。簡易宿舎に岩城と山岡は突入したが、もし死体が見つからなければ違法捜査になっていただろう。

「北海デジタル印刷会社は、十月二十九日に倒産したんだよな。今は誰が所有しているんだ？」

山岡は右手を丸めて息を吹き込んだ。

「倒産してからは、不動産会社の〝北方興産〟の管理になっています」

岩城は朱莉からのメールを改めて見て首を捻った。情報が詳しいだけによくこんな情報が短時間で手に入ったと感心する反面、出所を疑っているのだ。

「〝北方興産〟？　あの狸がオーナーの会社だな」

山岡の眉が吊り上がった。岩城も山岡も簡易宿舎を警察が見張っていることが、犯人に知られたのはオーナーである涌井のせいだと思っている。おそらく涌井はロシアと繋がりがあるのだろう。

「事実上のオーナーですが、管理下というのなら、まだ買い手もない状態です。工場は使われていないということです」

岩城は意味ありげに言った。

「工場は無人のはずだな。確かめてみるか？　涌井の自宅の電話番号は調べ済みだ」

山岡はスマートフォンを取り出し、涌井に電話をかけた。

「さすが、スパイ」

岩城は苦笑した。公安も外事課も警察官というより、諜報員である。山岡は外事課で本領を発揮しているようだ。

「もしもし、夜分恐れ入ります。涌井様のお宅でしょうか？　私は美幌町役場の税務課の角田《かくた》と申します」

山岡は岩城をちらりと見た。外事課に転属してから、嘘が上手くなったらしい。

「あなたの会社が管理されている美幌町の印刷工場ですが、町民から工場に人の出入りがあると通報がありました。もし、営業活動をされているようでしたら、税金の申告をしていただかなければなりません。従業員でなければ、泥棒かもしれませんよ。……はい、はい。……そうですか。……了解しました。ご協力ありがとうございました」

山岡は頭を下げて通話を終えた。

「どうでした？」

岩城は山岡の小芝居に感心しながら尋ねた。

「目撃した住民の間違いだとさ。工場は鍵を掛けてあるから安心してくれとも言われたよ」

山岡は得意げに言った。

「工場は無人ということですね。確かめに行きますか？」

岩城はポケットから無線機を出し、イヤホンを耳に入れた。網走署から借りた物だ。

「そのつもりだ」

山岡はいつものポーカーフェイスで答えると、無線機を身に付けて車から出た。

肌を刺すような寒風に二人は思わずジャケットの襟を立て、ハンドライトで足元を照らしながら進んだ。〝固定式視線誘導柱〟と呼ばれる積雪時に道路の位置を示す下向きの矢印付きポールは一定間隔であるが、街灯はないのだ。

道路脇に覆面パトカーが停まっている。

「どうされましたか？」

パトカーの後部座席から真鍋が出てきた。

「工場は無人で使われていないと、オーナーに確認を取りました。それをこれから検証しようと思っています」

岩城はあえて何気ない素振りで答える。

「検証？　それはいいですね。張り込みをしている連中からは、工場から僅かに照明の光が漏れていると報告を受けています」

真鍋はにやりとすると岩城らと並んで歩き始めた。岩城の言葉の意味が分かっているようだ。

「もし泥棒でも入っていたら、警察としては対処しなければなりません」

岩城は冗談ぽく答えた。

「ライトを消してください」

百メートルほど歩くと、真鍋が小声で言った。すると、左手の森の中から男が音もなく現れた。

「網走署の署員が敷地の周囲を固めています」

仲田は暗闇を指さして囁くように説明した。

「中の様子は？」

真鍋は小声で聞き返す。

「シャッターの中に人がいることは確実です」

仲田は自信ありげに言った。シャッターの下から漏れる照明を遮る影があるそうだ。中で人が動いている証拠だ。

「横山さんいますか？　岩城です」

岩城は無線機で横山を呼び出した。どこかで張り込みをしているはずだ。

――横山です。どうぞ。

「すみませんが、踏み込みますので二人で来てもらえますか？　敷地正面にいます」

――了解です。福谷と向かいます。

横山は西の方角からやって来た。彼らも森の中で張り込みをしていたようだ。

「フダが届いたんですね」

横山は嬉しそうに言った。令状があれば、過酷な張り込みからは解放される。刑事なら誰でも喜ぶことである。

「フダはありません。この工場を管理している会社に確認をとったら、工場は閉鎖されていて無人だと請け負ってくれたんです。もし、工場に人がいれば、不法侵入者がいるということなんです」

岩城は口角を上げた。

「不法侵入の現行犯で逮捕できますね」

横山は大きく頷いた。

「そういうことです。三箇所の出入口を手分けしましょう。その他の署員には犯人の脱出に備えて敷地の出入口を固めさせてください」

岩城は山岡と組んだ。工場は南北に長く、敷地の西側に建っていた。建物裏の西面以外に出入口があり、東面にトラックも出入りできる大型のシャッターとドアがあると報告を受けている。張り込みをしている刑事が敷地の周囲に張り巡らされているフェンスまで近付き、建物の構造を調べていた。

一番遠い北面は岩城ら、東面のシャッター横のドアは、所轄の横山ら、手前の南面は真鍋らに任せた。他にも網走署の警察官が八人、それに江村と平林はそれぞれの部下とともに突入メンバーをサポートするために国道側に集結している。

岩城と山岡は敷地に侵入し、東側を走って建物の北側に回り込んだ。さすがに鼻先も見えない暗闇に二人はハンドライトを点灯させた。

「岩城です。位置に着きました。横山さん、始めてください」

辺りを窺いながら岩城は無線で連絡した。

7

午後十時四十分。

「すみません。網走署の者です。少々お伺いしたいことがあります。ここを開けてもらえますか？」

横山は大声で呼びかけ、シャッター横のドアを叩いた。

ドアを開けてくれと言われて応じる者はいないだろう。だが、万が一出て来たら、その場で逮捕すればいいのだ。内部に反応があれば、敷地の出入口で待機している警察官が一斉に雪崩れ込むことができる。

岩城は北面のドアのノブを回したが、施錠されていた。踏み込むつもりだったが、そこまで運はよくないらしい。

「すみません。中に人がいることは分かっています。ここを開けてください」

横山は諦めずにドアを叩く。

工場内で車のエンジン音が響いてきた。重低音のエンジン音から察するに、大型のトラックに違いない。

横山が振り返って手を振り、国道に控えている部下に命じた。暗闇から現れた警察官が両手で提げてきた板状の物を工場の出入口で勢いよく振って広げた。〝スティンガースパイク・システム〟という金属製の突起が付いた蛇腹式の構造物で、車のタイヤをパンクさせる特殊な道具である。ベレズツキが簡易宿舎から逃走した際に使用するべく、真鍋が北海道警察本部から取り寄せていたのだ。

シャッターが上がり始める。

横山はまた手を振ると、特殊警棒を出して振った。

国道で待機していた刑事が一斉に警棒を握り締めて構える。

銃声！

「げっ！」

横山が足を撃たれて倒れた。

「どうなっている！」

銃声を聞いた岩城は、建物の陰から出た。

シャッターが開いた出入口から大型コンテナトラックが勢いよく飛び出し、出入口に向かって走り出す。倒れた横山を別の警察官が、慌てて引き摺《ず》りながら逃げた。

「止まれ！」

取り囲んでいた刑事が怒声を浴びせながら後を追う。

派手な音を立ててタイヤをパンクさせ、トラックは横転した。タイヤがパンクする直前にハンドルを切っていたのだろう。コンテナを積んでいただけにバランスを崩したようだ。

「うっ！」

背後で呻き声がした。

「なっ！」

振り返った岩城は咄嗟に横に飛んだ。黒い影が迫ってきたのだ。

フードを被った男が、左手にナイフを持って立っていた。山岡が腹部を押さえて倒れている。男が握っているのは、刀身が十五センチ以上あるナイフで、しかも双刃である。

暗闇で分かるのは男のシルエットだけで、顔は見えない。だが、足の長さと体型からして日本人ではないのだろう。ロシア人かもしれない。

「貴様が犯人なんだな。名前を言え」

岩城は日本語と英語で言った。他にも中国語は話せるが、ロシア語は片言も話せない。

「死せる者に名乗るのは、愚か者だ」

男は訛りのある妙な英語で答えた。

「ロシア人だな」

岩城はゆっくりとポケットから特殊警棒を取り出した。

「よく話す男だ」

男はナイフを振り下ろすと、目にも留まらぬ速さで逆方向に振った。

「くっ！」

岩城はスウェーバックで避けたが、胸を切り裂かれた。双刃だけに男のナイフは変幻自在だ。

「ちっ！」

男は舌打ちすると、しゃにむにナイフを振る。動きが速く、刃先すら見えない。

岩城は下がりながら特殊警棒を振って先端を出すと、ナイフを弾き返した。

「むっ！」

岩城は左の上腕を切られ、ハンドライトを落とした。男は岩城の動きを完全に読んでいる。元軍人に違いない。

「殺しがいがある男だ」

男は笑いながらナイフを扱う。

「くっ！」

岩城はなんとか攻撃に出たいが防戦一方である。何度も避けるうちに右肩と右腕を切られた。相手がサウスポーなのでかわしにくいのだ。

「げっ！」

男が突然仰け反った。

機を逃さずに岩城は踏み込んで男の首筋に特殊警棒を叩き込んだ。

男が前のめりに倒れると、その後ろに山岡が立っていた。男の背中を特殊警棒で突いたようだ。

「一人で倒せなかったのか？」

山岡は鼻先で笑うと、崩れるようにその場に倒れた。


午後十一時五分。美幌町郊外。

北海デジタル印刷会社の敷地の内外に六台の警察車両が停められている。

一台の救急車が、警察車両の間を縫うように敷地から出ていく。

岩城は山岡が乗せられた救急車を見送ると、血染めの両手を見つめた。左腹部を刺されて意識を失った山岡の傷口を止血するため、両手で押さえていたのだ。岩城らが銃声に気を取られている隙に、北側にあるドアから現れた犯人に背後から刺されたらしい。

「山岡さんの搬送される病院まで送りますよ。あなたも怪我をしているようなら治療を受けてください」

真鍋が声を掛けてくれた。岩城の防寒ジャケットが切り裂かれているので気になっているのだろう。

「心配ですが、私が行ったところで何もできません。それに私の傷はたいしたことありません。それより、現場検証に立ち合わせてください」

岩城は気丈に答え、手に付いた血をハンカチで拭った。

「了解しました。工場内の捜索は終わり、敷地内の人間はすべて逮捕しました。涌井を重要参考人として拘束するように所轄の警官に命じています。岩城警部が倒した外国人も四人の警察官を付けて病院に搬送します」

真鍋は岩城に対し、まるで上司に報告するように丁寧に話した。

「あの男は元軍人でしょう。格闘技に優れた殺しのプロです。護送の警官を倍にしてください。手錠は後ろ手にし、腰紐も必ず付けた方がいいです。外国人だからと気を遣う必要はありませんから」

岩城は険しい表情で言った。岩城も山岡も柔道、剣道、逮捕術の有段者であるが、一人で敵《かな》う相手ではなかったのだ。

「わっ、分かりました」

真鍋は傍の部下に慌てて命じた。命じられた部下が、動き出したパトカーを走って追いかける。気絶した男は、すでにパトカーに乗せられていたのだ。追いかけた警察官はなんとかパトカーを停めた。

「印刷機を見てみましょう。トラックのコンテナは施錠されています。鑑識課が開けるまでまだ時間が掛かりそうですから」

安堵の溜息を吐いた真鍋は、歩き出した。

岩城は真鍋と共に工場のシャッターから中に入る。左手奥に巨大な四色刷り印刷機が置かれている。

「係長！　これを見てください」

仲田が印刷機の作業台の上から声を上げた。

四色刷り印刷機は、製版フィルムが貼られたシアン（青）、マゼンタ（赤紫）、イエロー、ブラックの四つドラムがあり、重ね刷りすることでフルカラー印刷が可能になる。

岩城と真鍋は、仲田がハンドドライトで照らしている印刷機の中を覗き込んだ。

「ドルか」

岩城は呟いた。仲田が立っている場所はシアンのドラムの場所で、無数の百ドル紙幣が写し出された製版フィルムがドラムに巻き付けられていたのだ。

「てっきり一万円札だと思っていましたが、驚きましたね」

真鍋は首を何度も左右に振って見せた。

「海外で使うつもりだったのでしょう。八トントラックのコンテナに積まれているのなら、数百万ドルある可能性もあります。ドラムの製版フィルムを処分していないので、これからも刷るつもりだったはずです」

岩城は印刷機から離れた。

「なんとも、恐ろしい金額だ。それにしても岩城警部、お手柄でしたね」

満面に笑みを浮かべた真鍋は、岩城の背中を軽く叩いた。

「はあ」

岩城は返事をしたが、足がもつれて膝を突いた。目眩《めまい》を覚え、疲れを感じたのだ。

「大丈夫ですか！　しっかりしてください」

真鍋が駆け寄ってくる。だが、意識が遠のいた岩城は地面に横たわった。

エピローグ

二〇二二年三月二日、午後八時十分。

岩城は〝こぶしの花〟で、カツオの刺身を肴に手酌でビールを飲んでいた。

北海道の偽ドル札事件は、北海道警察本部と網走警察署の活躍で解決された。全国紙にも載った事件だが、特命九係と外事課はともに表に出る部署ではないため警視庁の協力があったことは小さく記載されただけである。

岩城と山岡を襲ったロシア人以外に、三人の日本人が印刷所で逮捕された。日本人はいずれも印刷職人だったため、事件の主犯はロシア人だと思われる。また、工場の事実上のオーナーだった涌井も逮捕されていた。だが、ロシア人も涌井も未だ事件に関しては黙秘しているそうだ。

ロシア人の名前はアナトリー・ボロデュックで、米国やフランス、ドイツでも殺人事件を起こしてインターポールから国際手配されていた。彼はロシアの特殊部隊スペツナズの元隊員だったらしい。彼が所持していたナイフは、スペツナズで使われる〝カラテル〟という無骨なコンバットナイフだった。双刃だが、片面の刀身の半分ほどが、セレーション（波歯）になっている。

ボロデュックはセレーション部分まで達しないように浅く刺すことで、傷口に特徴を与えないようにしていたと見られている。その代わり複数回刺すことで失血死するようにしていたらしい。だが、残虐な性格のため、何度も刺すことに快感を覚えていたという海外の検視官もいるという。いずれにせよ、ボロデュックは欧米だけでも三十件以上の犯行に関わっていたらしい。

店の引き戸が開き、山岡が入ってきた。久しぶりに飲もうと約束していたのだ。北海道の捜査が終わってから会っていなかった。

「お先に」

岩城は軽く頭を下げた。

山岡は冷蔵庫からビール瓶を出し、自分で栓を抜くと岩城の隣りに座った。

「いらっしゃい。久しぶりね」

女将はグラスと用意していた小鉢をカウンターに載せた。

「おまかせで、よろしく」

山岡は女将に頼むと、グラスにビールを満たした。

「体調はどうですか？」

岩城はグラスを山岡に掲げると、ビールを飲んだ。山岡はボロデュックに腹部を刺された際、腎臓も損傷していた。出血が多く、かなり危なかったらしい。岩城を助けようと、動いたことも良くなかったのだろう。山岡は背後の気配を察知し、ボロデュックの攻撃をかわそうとしたらしい。もし、まともに刺されていたら間違いなく死んでいただろう。

「平気だ。三週間後には、復帰していたよ。おまえこそ、どうなんだ」

山岡はビールを一口飲むと、小鉢のおひたしを口にした。彼は外事課に復帰したのだ。当分の間、刑事部に戻ってくることはないらしい。

「私は十日後に復帰しています」

岩城はにやりと笑った。ボロデュックと闘ったさいに、四箇所切りつけられた。そのうちの左腕の傷が思いのほか深く、出血のため貧血で倒れたのだ。一週間で復帰はできたが、坂巻からゆっくりしろと言われたので言葉に甘えた。

「自慢げに言うことか」

山岡はふんと鼻息を漏らした。

「今日は、わざわざ私に奢るためじゃないんでしょう？」

岩城は小鉢のマグロの漬けに舌鼓を打った。すりおろし生姜と大葉の千切りが引き立てている。

「我々はその後も捜査を進めていた。コンテナトラックの荷物は、二千万ドル分の偽百ドル紙幣だった。精巧にできていて偽造防止の3Dセキュリティ・リボンも貼られていた。顕微鏡で見れば、そのリボンが偽物だと分かるそうだ。銀行のATMでは弾かれるが、精度の悪い両替機なら問題ないそうだ」

「二千万ドル！　日本円にして約二十五億円ですか」

岩城は思わず声を上げ、女将をちらりと見た。予想の四倍だったからだ。

「新千歳空港からロシアの航空機で米国、英国、フランス、ドイツなど主要先進国に送られる予定だったことが判明した。おそらく、百万ドル単位でマネーロンダリングし、それをロシアに送金するつもりだったのだろう。ルートが確立されれば、二日間で二千万ドルを生産し続けることが可能だっただろう」

山岡は鼻先で笑った。

「国家規模だとは思っていましたが、合点がいきました。先月の二十四日にロシアはウクライナに侵攻しましたね。事前に戦費を調達したかったんじゃないのですか？」

岩城は小さく何度も頷いた。

ロシアは東部のロシア系住民を救うという名目で、ウクライナに侵攻した。国際法もお構いなしの二十世紀初頭のような侵略戦争を起こしたのだ。

「ロシアは世界中を敵に回し、今後さらに経済制裁を受ける。とすれば、あっという間に外貨準備が枯渇するだろう。戦費だけでなく、ロシアの国債償還でドルでの支払いができなければ、デフォルトに陥る。それが分かっていたから半年以上前から準備していたのだろう」

山岡は空になったグラスにビールを注いだ。

「我々は期せずして、ロシアの謀略を阻止したということですか」

岩城は笑みを浮かべると、ビールを満たしたグラスを掲げた。

「いや、ロシアという巨大な犯罪組織の犯罪を止めたのだ」

山岡は自分のグラスを持ち上げた。

二人は笑みを浮かべると、ビールを飲み干した。

光文社文庫

文庫書下ろし
死《し》屍《し》の導《しるべ》　警《けい》視《し》庁《ちょう》特《とく》命《めい》捜《そう》査《さ》対《たい》策《さく》室《しつ》九係《きゅうがかり》
著者　渡《わた》辺《なべ》裕《ひろ》之《ゆき》

2022年8月20日　初版1刷発行

発行者　鈴木広和
印刷　堀内印刷
製本　ナショナル製本

発行所　株式会社　光文社
〒112-8011　東京都文京区音羽1-16-6
電話 (03)5395-8149　編集部
8116　書籍販売部
8125　業務部

© Hiroyuki Watanabe 2022
落丁本・乱丁本は業務部にご連絡くだされば、お取替えいたします。
ISBN978-4-334-79397-5　Printed in Japan

R <日本複製権センター委託出版物>
本書の無断複写複製（コピー）は著作権法上での例外を除き禁じられています。本書をコピーされる場合は、そのつど事前に、日本複製権センター（☎03-6809-1281、e-mail : jrrc_info@jrrc.or.jp）の許諾を得てください。

組版　萩原印刷

本書の電子化は私的使用に限り、著作権法上認められています。ただし代行業者等の第三者による電子データ化及び電子書籍化は、いかなる場合も認められておりません。

ルパンの消息　横山秀夫
酒肴酒　吉田健一
ひなた　吉田修一
ロバのサイン会　吉野万理子
読書の方法　吉本隆明
T島事件　詠坂雄二
独り舞　李琴峰
戻り川心中　連城三紀彦
白光　連城三紀彦
変調二人羽織　連城三紀彦
青き犠牲　連城三紀彦
処刑までの十章　連城三紀彦
ヴィラ・マグノリアの殺人　若竹七海
古書店アゼリアの死体　若竹七海
猫島ハウスの騒動　若竹七海
暗い越流　若竹七海
殺人鬼がもう一人　若竹七海

東京近江寮食堂　渡辺淳子
東京近江寮食堂　宮崎編　渡辺淳子
東京近江寮食堂　青森編　渡辺淳子
さよならは祈り　二階の女とカスタードプリン　渡辺淳子
迷宮の門　渡辺裕之
天使の腑　渡辺裕之
妙麟　赤神諒
弥勒の月　あさのあつこ
夜叉桜　あさのあつこ
木練柿　あさのあつこ
東雲の途　あさのあつこ
冬天の昴　あさのあつこ
地に巣くう　あさのあつこ
花を呑む　あさのあつこ
雲の果　あさのあつこ
鬼を待つ　あさのあつこ
旅立ちの虹　有馬美季子

光文社文庫最新刊

内憂　惣目付臨検仕《つかまつ》る㈣　上田秀人

おじさんのトランク　幻燈小劇場　芦辺　拓

死屍《しし》の導《しるべ》　警視庁特命捜査対策室九係　渡辺裕之

腸詰小僧　曽根圭介短編集　曽根圭介

女童《めのわらわ》　赤松利市

ちびねこ亭の思い出ごはん　たび猫とあの日の唐揚げ　高橋由太

朝倉かすみリクエスト！　スカートのアンソロジー　朝倉かすみ／北大路公子／佐藤亜紀　佐原ひかり／高山羽根子／津原泰水　中島京子／藤野可織／吉川トリコ

李朝残影　反戦小説集　梶山季之《としゆき》

死のある風景　鬼貫警部事件簿　増補版　鮎川哲也

仮宅《かりたく》　決定版　吉原裏同心(9)　佐伯泰英

沽券《こけん》　決定版　吉原裏同心⑽　佐伯泰英

神奈川宿　雷屋《いかずちや》　中島　要

黄泉《よみ》知らず　決定版　牙小次郎無頼剣㈢　和久田正明

果し合い　若鷹武芸帖　岡本さとる

入婿《いりむこ》　鬼役伝㈢　坂岡　真